CO
VALLE NEGRO

Primera edición: abril 2001
Séptima edición: enero 2007

Dirección editorial: Elsa Aguiar
Traducción del alemán: José A. Santiago-Tagle
Ilustración de cubierta: Lars Vollbrecht
Diseño de cubierta: Pablo Núñez

Título original: *Der Fluch des blinden Magiers*

Impresores, 15
Urbanización Prado del Espino
28660 Boadilla del Monte (Madrid)
www.grupo-sm.com

CENTRO INTEGRAL DE ATENCIÓN AL CLIENTE
Tel.: 902 12 13 23
Fax: 902 24 12 22
e-mail: clientes@grupo-sm.com

ISBN: 978-84-348-7825-9
Depósito legal: M-1.362-2007
Impreso en España / *Printed in Spain*
Gohegraf Industrias Gráficas, SL - 28977 Casarrubuelos (Madrid)

Thomas Brezina

La maldición del mago ciego

sm

Así nos conoce la gente

Si se quita la capucha de la estilográfica, entonces... (pasa la página)

Me llamo León, y a menudo pienso que soy un incomprendido. Antes no tenía ningún amigo de verdad. Pero todo eso ha cambiado ya.

Me llamo Lara. Lo que más me gusta es juntarme con mis amigas, pues entonces nos ponemos a despellejar a todos los chicos que pasan...

Chip es mi nombre, porque me gustan las patatas fritas o *chips*. Ya he hecho muchas burradas, lo admito. Pero es que nadie es perfecto, ¿no?
CHIPS
CRUNCHY
Si se desabrochan las garras de dragón... (pasa la página)
Una estilográfica verde y tres cinturones nos han cambiado la vida. Pues somos...

¡Así somos en el Mundo Invisibl

... la pluma se convierte en la espada Corazón de Dragón.

No solo existe nuestro mundo, hay otro también, el Mundo Invisible. Allí moran poderes del Mal que tratan de conquistar nuestro mundo. ¡Nuestra misión es evitarlo!

El abuelo de León también fue Caballero del Dragón. León recibió de él nuestras armaduras y nuestra misión.

El abuelo de León le dijo una cosa importante: «Escucha tu voz interior, ella te mostrará el buen camino». Bueno, el caso es que a veces mi voz interior se calla, y entonces las cosas se complican.

... el cinturón se transforma en el peto de una armadura.

... los caballeros CORAZÓN DE DRAGÓN

Tu equipamiento

La espada mágica

Busca en las ilustraciones estas marcas:

Procede así: Coloca la espada sobre las marcas y comprueba con qué piedra preciosa encajan. Gira la espada hasta que las marcas llenen del todo los agujeros de esa piedra. Haz la prueba ahora mismo y coloca tu espada encima de las marcas **de arriba.**

Si está bien puesta, la espada apuntará aquí.

Una pequeña indicación: Allí donde veas esta señal, es que la ilustración contiene algunos juegos de marcas: estos te abren el camino hacia cosas importantes.

¡Que no te fallen las fuerzas ni el valor en

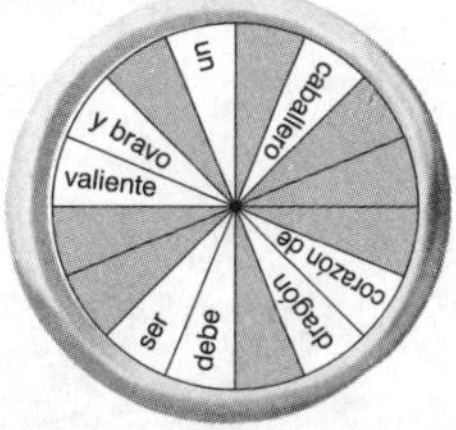

El ojo del dragón

Colócalo encima del círculo y hazlo girar hasta que las palabras que estén sin tapar tengan un sentido.

El truco de la aventura

Esta vez se trata de un mapa del Mundo Invisible. La solución la tienes en la página 124.

El contador de puntos

En las preguntas puedes sumar o restar puntos. Pon a cero el contador y ve dándole la vuelta durante la aventura, según aciertes o te equivoques. Al final del libro, en la página 124, podrás comprobar cuál ha sido tu rendimiento.

tu aventura con Corazón de Dragón!

La venganza de lord Drakill

Como las puntas truncadas de una corona, se levantaban los restos del Castillo de las Lápidas contra el cielo del ocaso. Lanzando sonoros graznidos, cuervos gigantes volaban en círculo sobre ellos. Habían empezado a entonar un siniestro lamento.

No era de extrañar. Hacía solo unas horas que había sido destruido el otrora imponente castillo. Su señor, lord Drakill, el caballero infernal, había sido derrotado.

León se encontraba al pie de la colina del castillo contemplando las ruinas. Aún no acababa de creer que hubiera conseguido quebrantar el poder de lord Drakill.

Hasta hacía tres días, se había tenido por un cobarde. El pánico se apoderaba de él sólo con que Brutus, un fortachón del colegio, le pusiera mala cara. Y ahora se encontraba en un mundo cuya existencia nadie imaginaba y al que solo él podía permitirse entrar con ayuda de la espada del dragón. Un mundo lleno de sorpresas y peligros.

El chico contemplaba pensativo la dorada espada del dragón que tenía en las manos. La empuñadura tenía la forma de un noble y orgulloso dragón que hacía guiños elogiosos a León.

León tenía a su lado a Clara y Chip, sus nuevos amigos. Llevaban puestos los petos de sus armaduras, en los que destellaba la cálida luz del sol que se ponía.

A espaldas de los tres se encontraba una pequeña aldea de artesanas construcciones medievales. Sus habitantes estaban tan contentos de haber sido liberados de lord Drakill, que organizaron una gran fiesta.

Unos jóvenes corrieron adonde estaba León, lo levantaron en volandas y lo llevaron a hombros hasta la plaza Mayor, donde todos lo aclamaron jubilosos como salvador y libertador.

A León casi le producía desasosiego toda aquella agitación en torno a él, y sonreía con inseguridad.

—¡Eh, alegra más esa cara! –le gritó, toda contenta, Lara.

Chip dio la razón a la chica:

—¡León Corazón de Dragón, eres un tío de verdad!

—¡Jamás vendrán a nuestra aldea los cuervos de

lord Drakill a llevarnos de tres en tres! –exclamaba con júbilo la gente. Quienes habían sido secuestrados no regresaron nunca. Lord Drakill había absorbido su fuerza vital, la que él necesitaba para mantenerse con vida.

Pero finalmente aquello había acabado.

León era fuertemente zarandeado mientras los aldeanos lo llevaban por las calles. Al chico le costaba mantener el equilibrio y no caer de los hombros de aquellos jóvenes.

De pronto, León notó cómo en sus manos se movía una y otra vez la espada del dragón. Parecía querer decirle algo. Y es que aquella no era una espada corriente. A quien entendía sus señales tenía mucho que decirle.

¿Qué te dice tu espada mágica? Ponla sobre el dibujo de la página 16. Si logras adivinar su mensaje, consigues dos puntos de fuerza. La respuesta está en el ojo del dragón.

las
ruinas
si
del
cas
la
ame
tillo
acecha
na
peligro
za
Bajo
vie
ne
del

León la observó atento y trató de averiguar adónde indicaba la espada. En ese momento no era fácil hacerlo. ¿En qué querría que se fijara la espada?

León no comprendía lo que quería decir la espada. Pero tampoco tuvo tiempo para reflexionar mucho, pues en la fiesta había cada vez más juerga y alboroto.

En aquel momento, nadie se imaginaba que lord Drakill aún vivía. Se encontraba enterrado en la sala negra, debajo de los fragmentos de lápidas y estatuas mortuorias. Hasta los rayos rojos que despedían sus ojos y que antes fundían incluso las piedras más duras ya habían perdido gran parte de su terrible fuerza.

El silencio que rodeaba al lord le inquietaba incluso a él mismo. Y eso que era un caballero del infierno, al que nada podía asustar y que estaba dispuesto a contribuir a la victoria del Mal.

Los restos de piedra pesaban mucho encima de su armadura, que le protegía de ser aplastado. En su cabeza repasó de nuevo la lucha entre él y el joven Caballero del Dragón.

El chaval no tenía idea alguna de cómo manejar la espada. Lord Drakill le había arrojado al suelo con un fuerte golpe de su espada de fuego. Pero seguidamente el lord se había quitado la máscara protectora, que llevaba puesta para no destruir su propio castillo con la fuerza aniquiladora de los rayos de sus ojos. Con estos rayos rojos se proponía abrasar cuanto de bueno había en León. Aunque éste se encontraba en el suelo totalmente indefenso, el chico lo había vencido gracias a que con la hoja de su espada del dragón reflejó los rayos, volviéndolos contra lord Drakill.

El efecto fue demoledor. El cuerpo del lord fue una pura masa doliente.

Pero ahora el recuerdo de aquella derrota engendró en lord Drakill ira y odio. Solo pensaba en una cosa: ¡venganza!

Notó cómo aquella sed de revancha le prestaba nuevas fuerzas. Enormes fuerzas. Fuerzas sobrehumanas. Así que empujó con las manos las negras placas de mármol que le oprimían el pecho y consiguió levantarlas. Entre quejidos y maldiciones consiguió liberarse y finalmente ponerse de pie.

Con su bota negra golpeó unos cristales rotos en el suelo. Debía tratarse de fragmentos de su destrozada máscara reflectante. Levantó dos de ellos y se los puso ante los ojos como si fueran los cristales de unas gafas. Con ellos miró lentamente a su alrededor.

El castillo, construido con lápidas mucho tiempo atrás por sus antepasados, se encontraba reducido a escombros. ¡Y el único culpable de eso era aquel joven Caballero del Dragón!

Apresuradamente, el lord descubrió la oscura losa de una tumba. Hizo girar la calavera de piedra con que estaba provista su cara superior y aquella tapa se abrió hacia abajo.

Una inclinada escalera apareció. Desembocaba en un pasadizo secreto que discurría bajo el castillo.

Desde abajo llegaba el frío resplandor verdoso que producían los fuegos fatuos de los nichos de los muros.

—Señor, llevadme con vos –oyó de repente lord Drakill que suplicaba una voz a sus espaldas.

Bajo los cascotes que tenía al lado descubrió una túnica oscura. Tiró de ella y sacó la flaca figura del brujo ciego. Como por milagro, los fragmentos de las lápidas habían formado sobre el brujo una suerte de techo.

«Sin duda ha sido cosa de brujería», se le pasó a lord Drakill por la cabeza. Sin miramientos, agarró la huesuda mano y, tirando del brujo, se lo llevó consigo hacia el pasadizo. El brujo ciego a duras penas lograba tenerse de pie, pero eso poco le importaba al lord.

—Llevadme al valle Negro, donde se levantan los dos obeliscos –pidió el brujo con la voz quebrada.

—¿Y cómo llegaré allí? –respondió el lord, frío y brutal.

—¡Debo ir a los obeliscos del valle Negro! Sólo desde allí podré doblegar el poder del joven Caballero del Dragón y destruirlo.

El lord se detuvo y cogió al brujo por los escuálidos hombros. Le sacudió con tanta fuerza, que la capucha de aquel hombre se resbaló dejándole al descubierto el pelado cráneo.

—¿De verdad que puedes destruirlo? ¿Que puedes aniquilarle a él y a sus dos compinches?

El brujo se apresuró a taparse de nuevo la cabeza con la capucha.

—¡Sí, mi señor! ¡Si me lleváis al valle Negro, eso es posible!

—¡Debe morir! ¡Y lentamente, entre tormentos! –zanjó lord Drakill–. ¡Y a mi lado! Debe llevar consigo la espada. Pues si el Caballero del Dragón muere sin haberle pasado a nadie la espada ni la armadura, estas puede quedárselas quien las encuentre. Y la espada debe obedecer a su nuevo propietario –y tras una pausa gritó–: ¡Y ese propietario seré yo!

La aparición

Se había hecho de noche y la luna brillaba sobre las ruinas del Castillo de las Lápidas.

—Debemos regresar –dijo León a sus amigos–. Volver a nuestro mundo.

Lara, que en ese momento hincaba el diente a un filete a la parrilla, no tenía ninguna gana. Tampoco a Chip le entusiasmaba la propuesta de León.

—La fiesta se está empezando a animar ahora –rezongó.

—¿Queréis volver a casa en mitad de la noche? ¿Cómo se lo vas a explicar a tu madre, Lara? ¿Y tú a tu tía, Chip? –y León les miró interrogadoramente.

—Esto..., me temo que tienes razón –reconoció Chip.

Así que se despidieron de los aldeanos, que volvieron a dar vivas a León. A continuación, el chico desenvainó la espada y trazó con ella una abertura en forma de puerta en la oscuridad de la noche.

Aún seguía sin poderse creer lo que veía con los propios ojos: como si hubiera cortado un lienzo de tela, la oscuridad se abrió y dio paso a la contemplación de una calle en la noche de la ciudad.

Después de que los tres amigos hubieron pasado por aquella abertura, la puerta se cerró a sus espaldas y se fundió con el entorno. Volvían a encontrarse en su mundo, el Mundo Visible.

Al final de la calle aparecieron, muy vivas, las luces proyectadas por los faros de un coche. Los tres se dieron cuenta asustados de que aún llevaban puestos sus petos del dragón. Así que cogieron las garras de dragón del borde inferior y las juntaron abrochándolas.

Con un tenue sonar metálico, los petos se descompusieron en estrechas franjas que se deslizaron hacia abajo formando un fino cinturón cuyo único detalle inusual eran las garras de dragón que llevaban las hebillas.

León apretó con cuidado la punta de la espada del dragón, que enseguida encogió hasta adoptar la forma de una estilográfica verde.

León, Lara y Chip volvían a ser chicos totalmente normales.

—¡Debéis jurar que no contaréis a nadie lo del Mundo Invisible! –pidió León.

Lara levantó enseguida la mano. Chip titubeó.

—¿Y si se me va la lengua sin querer? –objetó.

—¡Pues te tendrás que aguantar! –exclamó severa Lara.

—Pero eso no es fácil –suspiró Chip.

Lara entornó los ojos.

—Ahora acepta, Chip. No te pongas así.

Tras un breve titubeo, Chip levantó la mano. Lara hizo lo mismo.

—Lo juramos –afirmaron con solemnidad.

En algún lugar cercano, un reloj dio la hora. Once campanadas. Ya eran las once de la noche.

Los tres amigos se despidieron y cada cual siguió su camino. León siguió pensativo con la mirada a Lara y a Chip.

Era alucinante. Totalmente alucinante. Solo un día antes, León no podía aguantar ni a Chip ni a Lara. Se había quedado desconcertado cuando, siguiendo la recomendación de su abuelo, hizo que la espada del dragón le mostrara a sus dos «leales», y esta le condujo hasta Chip y Lara.

Chip pertenecía a la banda de Brutus, que le hacía la vida un infierno. En realidad, Chip estaba con aquel porque él mismo tenía miedo de convertirse en una víctima de Brutus.

En cuanto a Lara, León siempre había pensado que se reía de él. Continuamente estaba con sus amigas cuchicheando a sus espaldas. Sin embargo, solo lo hacía porque estaba loca por él.

León tocó con la punta del dedo la estilográfica y dijo:

—Gracias, me llevaste hasta unos buenos compañeros. Los dos son bastante legales.

Nunca antes se había sentido León tan ligero y feliz. Notaba la fuerza en su interior. La fuerza de los triunfadores.

Y contento, marchó en dirección a casa de sus padres.

Entonces se acordó del abuelo. Lo había conocido tres días antes en la residencia de ancianos. Allí le había ordenado nuevo Caballero del Dragón y le había pasado su armadura. Luego se había ido para siempre.

Un tenue tronar hizo que León levantara la cabeza y mirara al cielo. ¿Se acercaría una tormenta?

De nuevo tronó suavemente. Pero no era ningún trueno habitual.

Un resplandor verdoso surgió tras las nubes. Le siguió un relámpago que desde su punto medio irradió hacia todos los lados.

León se había quedado parado mirando al cielo. Por el agujero que se había producido vio un túnel de luz verdosa que parecía medir kilómetros y llevar al universo.

A lo lejos se oyó un curioso ruido. Sonaba como un acompasado aletear que se acercaba deprisa y se hacía más sonoro.

Una sombra surgió en la luz del túnel. León distinguió dos ojos de color anaranjado. Algo enorme pareció caer desde la abertura.

León se quedó como pegado al suelo mirando aquella aparición. Le costaba trabajo agarrar la capucha de la estilográfica verde para tirar de ella.

Los relucientes ojos parecían incrustados en una bola de piel floja que se aproximaba a la tierra a velocidad endiablada.

León separó de golpe la capucha, y la espada se desenvainó en toda su longitud.

En posición de guardia, León sostuvo con ambas manos la espada del dragón.

El fragor que oía encima de él aumentó.

La bola negra se abrió por la mitad. Apretadas filas de largos y finos dientes destellaron amenazadoras.

León se preparó a dar un golpe.

Entonces oyó acercarse un coche a sus espaldas. La luz de los faros se deslizó por los muros de las casas. La espada se transformó sola en la estilográfica, pues no podía ser vista por nadie.

León quedó indefenso en aquel lugar.

¿Huirías tú, o también te expondrías así al atacante? Si respondes bien, obtienes dos puntos de fuerza; si te equivocas, te restas dos puntos. ***La solución está en el ojo del dragón, en la página 28.***

El
ganar
que
mucha
se
fuer
za
quien
ex
ponga
se
pier
de
que
de
fuerza

Regreso espantoso

No, León no huyó. Lucharía y vencería, como ya lo había hecho una vez ese día. Con el puño cerrado hizo frente a aquel ser enigmático.

Lo que más le intranquilizó fue el coche que se detuvo justo detrás de él. Se oyeron portazos y oyó pasos apagados sobre el asfalto.

Los ojos de color anaranjado brillaron más y más vivamente hasta que se hicieron casi blancos. La bola era bastante más grande de lo que León se había imaginado.

De pronto, el chico tuvo la sensación de perder todas las fuerzas. Una increíble debilidad se le extendió por el cuerpo y le hizo tambalearse. Le costaba trabajo mantenerse de pie.

Las mandíbulas de aquel ser se separaron. Tras las filas de largos y finos dientes empezaba una garganta que no parecía tener fin.

Los pasos se aproximaron. Por el rabillo del ojo, León vio a dos hombres.

En el mismo instante reventó por encima de él aquel ser. El resplandor que irradiaba el túnel del cielo se apagó y el agujero en la capa de nubes desapareció.

—¡Eh, chaval! ¿Qué haces ahí? –le preguntó la áspera voz de un hombre.

Por detrás de León surgieron dos policías. No parecían haberse percatado de nada de lo que acababa de suceder allí.

—Yo… voy de camino a casa –respondió deprisa León.

Al desaparecer aquel ser, sus fuerzas habían vuelto.

—A estas horas ya hace rato que deberías estar en casa. ¿Saben tus padres que andas dando vueltas por aquí? –preguntó el segundo policía.

León calló. Era mejor no decir nada que mentir.

—Sube al coche, te llevaremos a casa –le ordenó el hombre de la voz áspera.

El corazón empezó a embalársele a León. Aquello iba a traer bronca. León se acomodó en el asiento trasero del coche de la policía y se quedó allí arrugado.

Tomó el volante el policía más bronco. El otro se volvió para mirar a León y le preguntó su dirección. León tuvo un reflejo rápido y dio la calle de al lado. Ahora solo podía esperar.

Durante el trayecto no se habló ni una palabra. Pronto llegaron a una zona que le era muy familiar a León. El coche se detuvo en la calle de Casandra, delante del número 16.

—Gracias –dijo deprisa León. Esperaba fervientemente que los policías no lo acompañaran. Si no, tendría que admitir que en realidad vivía al doblar la esquina. Pero les había dado como dirección la calle de Casandra para que sus padres no vieran el coche de la policía.

—Te acompañaremos y hablaremos seriamente con tus padres –afirmó el segundo policía.

Los peores temores de León se confirmaban.

—Anda, déjalo –dijo el otro sujetándolo–. No le creemos problemas al chico.

Y con un gesto indicó a León que bajara, levantando la mano en señal de saludo. Apenas hubo cerrado León la puerta del coche, los dos policías prosiguieron su ruta.

León respiró con alivio. Agachado, atravesó silencioso un solar, llegó al jardín de sus padres y por la ventana abierta entró en su habitación de la planta baja.

Hacía horas que debería haber vuelto a casa.

¿Le estaría esperando su padre en el salón? León decidió hacer como si llevara todo el rato en su habitación.

—Buenas noches –oyó una voz que venía de un rincón.

León se volvió asustado y dio la luz.

Carsten, su hermano mayor, estaba sentado en un sillón junto a la ventana.

—¿Qué? ¿Estuvo bien la fiesta? –preguntó con una sonrisa afectada.

León reaccionó con rapidez. Nadie de su familia sabía que él había heredado de su abuelo la espada del dragón. En realidad debía haberle correspondido al señor Pollux, el padre de León. Pero había fracasado y estuvo a punto de ser derrotado por lord Drakill si no lo hubiera salvado el abuelo de León.

Desde entonces, el señor Pollux era un hombre amargado y malhumorado que jamás había podido superar aquella fuerte derrota. Tras aquella lucha perdida, nunca había vuelto a visitar a su padre, el abuelo de León, e incluso había mantenido a sus hijos alejados de él.

—¡Sí, sí, estuvo muy bien! –rió León apurado.

—¡Te he echado una mano, pequeño! –dijo Carsten con voz reposada y amenazadora–. He dicho que ya estabas en casa. Claro que eso tiene un precio.

—¿Qué quieres decir? –preguntó inseguro León.

Carsten se sacó del bolsillo un monedero. Era el de León.

—Ya me he cobrado mis honorarios –afirmó Carsten.

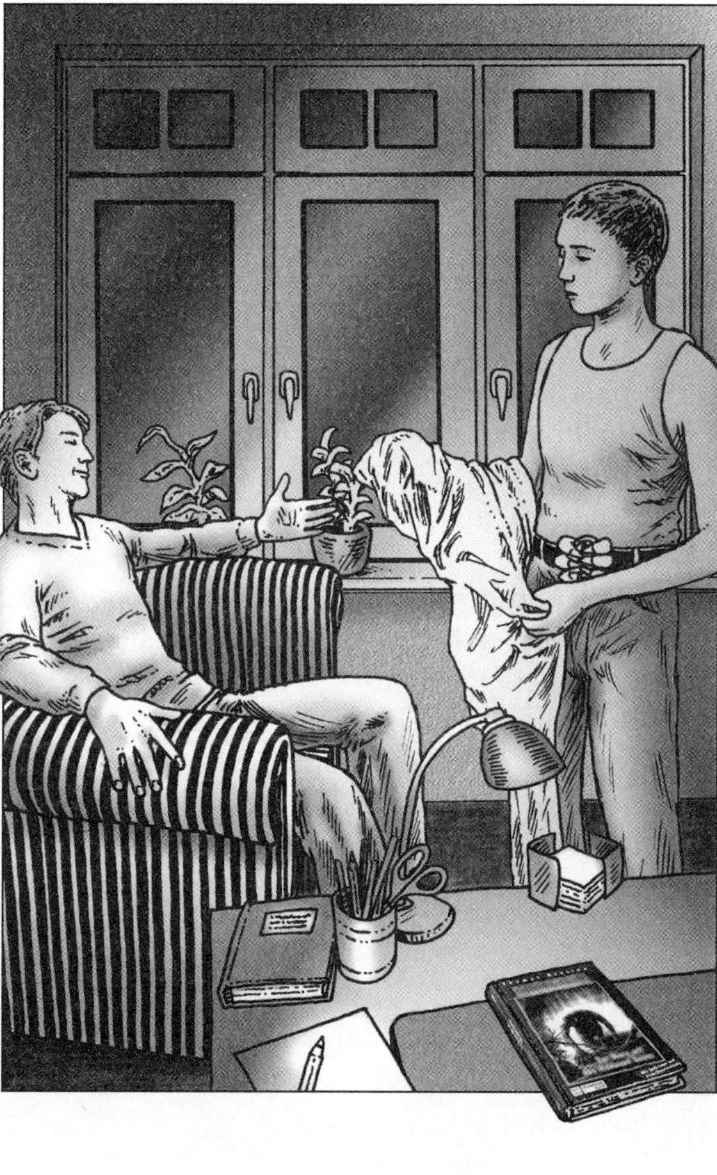

—¡No, todo mi dinero, no! –protestó León.

Fuera, en el vestíbulo, se oyeron pasos.

León calló y esperó. Si Carsten llamaba a su padre, vería a León a medio vestir. Lo que dejaría claro que León acababa de llegar a casa.

—¿Y bien? –preguntó por lo bajo Carsten haciendo una señal con el monedero.

Apretando los dientes, León gruñó:

—¡Quédatelo!

La puerta del dormitorio de los padres se cerró. El señor Pollux se había retirado.

—¡Buen chico! –elogió Carsten a su hermano como si fuera un niño pequeño, y abandonó la habitación.

Resoplando de rabia, indignación e impotencia, León se arrojó sobre su cama. Se sacó del bolsillo la estilográfica y la agitó.

—¿Por qué me dejas en la estacada? ¿Por qué permites que me humillen? ¿Acaso no soy el Caballero del Dragón?

Pero no obtuvo ninguna respuesta.

Traición y abatimiento

Cuando despertó a la mañana siguiente, León seguía lleno de rabia. En el desayuno es que no podía ni mirar a la cara a su hermano, que ponía una sonrisa de triunfo.

Más tarde, en el patio del colegio, León oyó cómo Carsten se jactaba ante sus compañeros de clase del chantaje que le había hecho.

Notó cómo estos se reían de él. León se sintió más insignificante y miserable que nunca.

En la puerta del colegio vio a Lara en compañía de algunas amigas. Las chicas reían con «ji-jis» y «ja-jas».

León quiso ir adonde Lara para hablar con ella. Al fin y al cabo, ahora les unía un secreto. Pero cuando fue hacia ella, la chica le indicó con la mano que se fuera. ¡Lara le mandaba a paseo!

Con un profundo suspiro, León se encogió de hombros. Estaba inmensamente decepcionado.

Pero lo peor estaba por llegar. Cruzando el patio del colegio, se dirigió al vestíbulo de la entrada. Brutus surgió de detrás de una de las columnas y le cerró el paso.

Desde hacía algún tiempo, Brutus sembraba el terror en el colegio. Era todo músculos y le daba por meter el miedo en el cuerpo a todo aquel que fuera más débil que él. Entre sus víctimas preferidas estaba León.

—Bueno, ¿ya te has duchado hoy? –preguntó cruzándose de brazos.

León sabía lo que significaba aquella pregunta. A Brutus le gustaba meter a sus víctimas de cabeza en la taza del retrete.

—Pues sí, y ahora déjame en paz –respondió León, y trató de seguir su camino.

Pero no llegó lejos. Brutus le puso la zancadilla. León tropezó, aunque logró no llegar a caerse.

—¡Vamos, agarradle! –oyó que Brutus ordenaba.

Y entonces León vivió algo que fue mucho peor que la «ducha». Otros dos chicos acudieron y lo sujetaron por ambos brazos. Uno era Ralph; el otro, Chip.

¡Chip!

Naturalmente, antes había pertenecido a la banda de Brutus y había colaborado en sus despreciables acciones. Chip también le había confesado por qué: de aquel modo se protegía a sí mismo de Brutus.

Pero ahora todo era diferente. ¡Chip era amigo de León! Sabía lo de Corazón de Dragón y había acompañado y ayudado a León. Era uno de sus

leales. ¡Ahora no podía volver a colaborar con Brutus como si nada hubiera pasado!

Desesperado e indignado, León miró a Chip. Abrió la boca para decir algo, pero Chip le indicó que se callara. Y junto con Ralph lo llevó hasta el lavabo.

«Me dejará escapar», pensó León. «Sin que se den cuenta, de manera que parezca que yo haya podido liberarme».

En torno a ellos ya se había agolpado un montón de alumnos. Las acciones de Brutus eran un espectáculo apreciado. A algunos les divertía mucho ver cómo humillaban a otros.

—¡A la ducha, a la ducha! –entonaban a coro y en voz baja los espectadores.

León trató de soltarse. Liberó un brazo de la presa que le hacía Chip, pero Ralph le sujetó más fuerte enseguida. Y al momento, también Chip había vuelto a agarrarle del brazo.

Los segundos que siguieron los vivió León como a cámara lenta. De pronto empezó a no oír nada en torno a él, como si alguien hubiera apagado el sonido.

Entonces fue como si le echaran encima un cubo de agua. León cerró fuerte los ojos y contuvo la respiración.

Luego, todo pasó. De pronto, todo el mundo se había ido y él estaba sentado en el suelo delante del retrete. El agua le goteaba de los pelos y le mojaba la cara.

León notó que no podía contener las lágrimas. Sollozó con fuerza y no tuvo ganas ni de levantarse. A aquella humillación no sobreviviría. Pero lo peor fue la decepción vivida con sus dos nuevos amigos, que le habían traicionado.

Fuera se oyó la penetrante sirena del colegio. Las clases empezaban. Pero León no se atrevía a entrar en su aula. Seguro que los demás se le reirían, o por lo menos sonreirían por detrás, o se burlarían de él.

Después de medio secarse, salió al pasillo.

Jürgen Matthis, su maestro de geografía, salió en ese momento a su encuentro. Todavía era joven y los alumnos le estimaban mucho.

—¿Te encuentras bien? –preguntó preocupado.

—Voy tirando –respondió León en voz baja.

—Vale, ven entonces, los dos llevamos el mismo camino.

Así que a León no le quedó más remedio que ir a clase con el señor Matthis. Cabizbajo y silencioso, se dirigió a su asiento.

De aquella clase apenas cogió algunas cosas. El señor Matthis les contó que en cinco días se produciría un eclipse total de Sol que se consideraba el acontecimiento del siglo.

—Durante unos dos minutos, sobre nuestra ciudad, la Luna ocultará totalmente al Sol. En el cielo no se verá más que un borde luminoso, y la Tierra se oscurecerá sensiblemente –dijo describiendo el acontecimiento.

A León le daba totalmente igual.

Con rabia, apretó en el puño la estilográfica verde.

¡Corazón de Dragón! ¡Bah! Su abuelo había manifestado que la misión de combatir como Caballero Corazón de Dragón contra las fuerzas oscuras del Mundo Invisible cambiaría su vida. León no podía sino reírse de aquellas palabras.

A lo mejor, en ese Mundo Invisible él valía algo, pero en este otro, en el mundo normal, todo había seguido como antes. ¡León no servía para nada!

Lo más terrible para él era la traición de sus nuevos amigos. Lleno de rabia, apretó aún más la estilográfica.

Un penetrante dolor le hizo soltar su presa. Se quedó mirando el clip de la capucha, que tenía forma de cabeza de dragón. La diminuta boca se movió y el dragón le sacó la lengua.

¿Le habría mordido?

De pronto, León sintió nostalgia del Mundo Invisible. Se propuso regresar allí en cuanto saliera del colegio. Y sobre todo, le gustaría quedarse allí para siempre.

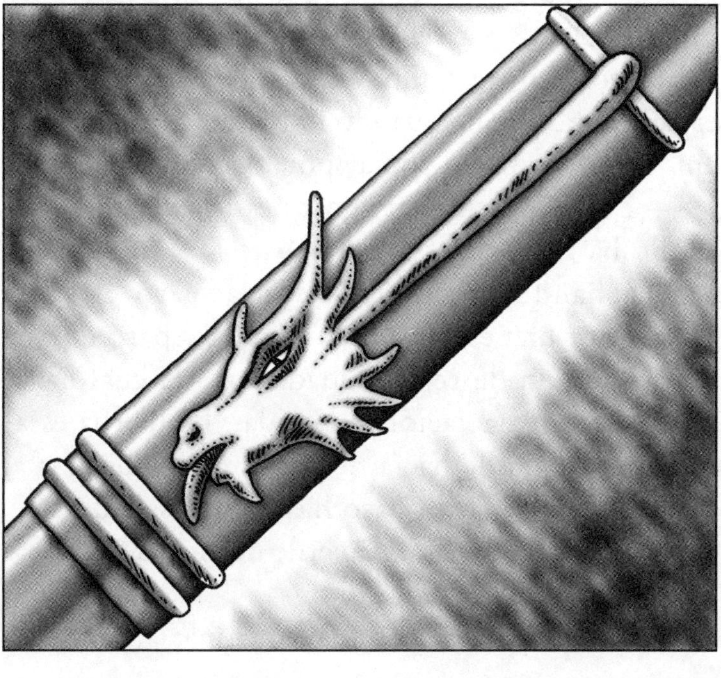

El buen consejo de Jock

En cuanto la sirena del colegio acabó de anunciar el fin de las clases, León se levantó de golpe, agarró la mochila y salió corriendo. Oyó cómo alguien venía tras él, pero no se volvió a mirar. Fue el primero en llegar a la puerta de doble hoja de la entrada, la abrió de un empujón y salió al exterior.

—¡León! –le llamó Lara.

¡Ya podía gritar! Por León, que la partiera un rayo. El chico se arrepentía en lo más profundo de haber confiado a Chip y a Lara el secreto de la espada del dragón. Cuando lo fueran contando por ahí, todos lo iban a tomar por loco.

—¡León, detente, tengo que decirte algo! –le suplicaba Lara.

Agachando la cabeza, León aceleró el paso. Dobló por una esquina y su mirada reparó en una puerta abierta de rejas oxidadas tras la cual había un solar con vegetación sin cuidar. La hierba estaba sin segar desde hacía tiempo y casi le llegaba al pecho. León se abrió paso hasta un rosal silvestre.

Sostuvo la estilográfica verde delante de sus ojos y, resoplando enfadado, dijo:

—¡Por lo menos, podrías funcionar ahora!

Al ir a separar la capucha, esta se atascó.

—Vamos –jadeó el chico. Pero la estilográfica no se abría–. ¡Por favor, te necesito!

Eso dio resultado. La capucha se separó de golpe y la estilográfica se transformó en la espada de la empuñadura del dragón. Con rápidos movimientos, León recortó en el aire una abertura rectangular. Como si fuera una foto, el recorte, que representaba un trozo de cielo y el solar de un desguace de coches con la vegetación incontrolada, cayó al suelo. Detrás resplandeció el desierto rojo que ya conocía León, quien salvó de un salto el borde de la abertura. Esta volvió a cerrarse inmediatamente a sus espaldas.

Por primera vez en aquel día, León respiró hondo y a gusto. Se sentía a salvo.

A su lado, algo chocó con fuerza contra el suelo, levantando una nube de polvo. Asustado, León se volvió hacia donde había oído el ruido.

—¡Hola, mi señorito! –le saludó una alegre voz. Era la de Jock, el dragón camaleón, que ya había servido a muchos caballeros del Dragón.

Los dragones camaleón pueden transformar su aspecto exterior dándole todas las formas posibles. Pueden tener pelos, plumas, púas y escamas, y cuando hace falta, alas, jorobas, cuernos y colmillos.

Jock examinó a León de la cabeza a los pies.

—¿Qué pasa? ¿Acaso mi joven señor se ha pinchado con la espada los dedos del pie? –exclamó sin apenas poder contener la risa.

—Lárgate y déjame en paz. ¡No necesito a nadie que hable como un imbécil! –gritó León.

Jock no se dejó impresionar por la respuesta y, apoyando la cabeza en una de las zarpas, dijo:

—¡Vaya, vaya! Mi nuevo señorito está de mal humor. ¿Puede saber Jock cuál es la razón?

—¡Hay por lo menos cien razones! –gruñó León, que arreó con todas sus fuerzas una patada a una piedra, haciéndola volar lejos. Con frases entrecortadas, contó lo que le había pasado desde el día anterior.

—¡Lara y Chip son traidores! –siseó furioso para concluir–. ¿Qué hago yo ahora? ¿Qué habrías hecho tú? ¡Vamos, dímelo!

—Muy sencillo: los habría puesto firmes y les habría preguntado si es que no les carburaba bien el coco.

León miró incrédulo a Jock.

—¿Qué? ¿De verdad?

—Claro. ¿Qué otra cosa, si no?

—¿Y mi hermano mayor? ¿Qué hago con él? –preguntó León.

Para esa pregunta, ni Jock tenía respuesta.

—¡Pero si necesitas carantoñas, entonces acompáñame! –propuso. De su lomo salían pequeñas gibas de camello entre las cuales León podía acomodarse.

—¿Adónde vamos a volar? –preguntó el chico mientras se agarraba con fuerza a la pelambre revuelta de Jock.

—¡Rogamos se abrochen bien, despegamos hacia un destino sorpresa! –anunció el dragón como la azafata de un vuelo, y salió pitando por el aire.

En la mano de León, la espada del dragón empezó a moverse sola. Ya lo había hecho con frecuencia para llamarle la atención sobre algo. De nuevo se encontraba León ante un enigma. ¿Qué le quería indicar la espada?

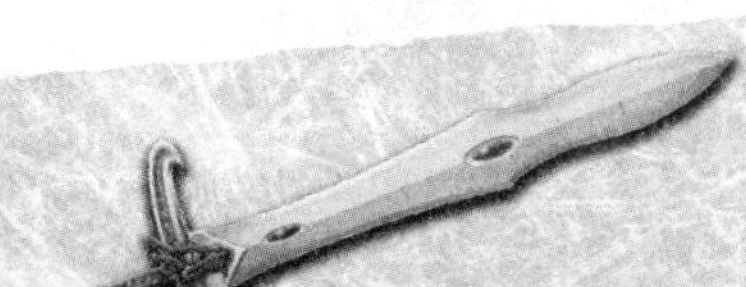

Mira bien el dibujo de la página 46. Si tu suposición es la correcta, ganas dos puntos de fuerza.

Los
no
se
per
si
pe
guen
ligro
por
en
el
aire
el
ai
es
re

La maldición

Pequeñas arañas del color amarillo del azufre subían correteando por la negra piel. De forma totalmente inesperada, desde lo alto, bajó zumbando algo ardiente y rojo y las mató.

—¡Señor, dejad de hacer eso! –dijo enérgicamente el brujo ciego.

Lord Drakill se hallaba un poco alejado de él, sentado sobre una columna partida.

¿Qué había sido de él? ¡Del poderoso lord Drakill, el caballero infernal, el temido! El combate perdido contra León Corazón de Dragón había debilitado fuertemente su diabólica fuerza. Los rayos que le caían de los ojos apenas podían calificarse ya de amenazadores. Pero, sobre todo, solo podría sobrevivir si pronto absorbía nueva energía vital. Y esta no la conseguiría más que si secuestraba seres humanos vivos. Tenía que volver a apoderarse de algunos.

Pero el otrora tan temido lord Drakill no osaba aproximarse a ninguna aldea. Si se topara de nuevo con el joven Caballero Corazón de Dragón, sucumbiría definitivamente.

—¿Y bien? ¿Qué? ¿Te has quedado sin tu poder mágico? –preguntó de manera hiriente lord Drakill.

El brujo ciego se encontraba entre dos obeliscos antiguos y desgastados por la intemperie, cubiertos de escrituras rúnicas, uno de los cuales ya se inclinaba peligrosamente.

—¡Cuando llamo a los noxatos, no debe haber cerca ninguna llama! –explicó el brujo–. Ni el fuego de vuestra espada ni el del sol.

El lord envainó su espada flamígera en su negra funda y apoyó en ella las manos. Luego alzó la mirada al borde superior de la estrecha y profunda quebrada en la que se encontraban.

En aquel lugar, los rayos de sol tocaban el suelo solo unos minutos al día. El resto del tiempo reinaba en la quebrada una impresionante oscuridad.

El brujo estaba entre los obeliscos, vestido con su larga túnica de color azul noche, y farfullaba incomprensibles fórmulas y conjuros.

Lord Drakill sacudió la cabeza en ademán de desprecio. Nunca había tenido en mucha estima a aquel ciego. El lord tampoco tenía la intención de aguantarle más tiempo. En cuanto tuviera en sus manos la espada del dragón, se acabó el brujo.

El brujo emitió un grito penetrante y elevó los brazos de golpe. Como largas patas de araña, los finos dedos se levantaron al aire. El brujo los tenía muy separados y temblaba del esfuerzo.

Los dedos despidieron unos rayos brillantes hasta la cima de los obeliscos. Desde allí saltaron de uno a otro obelisco y formaron un arco que los unía.

El aire se llenó de agudos zumbidos y crepitaciones.

En el suelo de la quebrada se formó un agujero. Desde lo hondo se oía llegar un poderoso batir de alas. Los bordes del agujero parecieron estirarse hacia arriba y formar un túnel luminoso, aunque transparente, que creció hasta el borde superior de la quebrada. Llegado allí, se partió como si lo hubiera tumbado un vendaval.

Furioso y decepcionado, lord Drakill se golpeó con la palma de la mano en la negra pernera de la armadura que le protegía el muslo. Ya era la décima vez que el brujo había empezado su conjuro, y en las otras nueve, su plan se había desbaratado en el último momento.

Pero aquella vez no lo interrumpió, sino que pareció esforzarse aún más. Los brazos le temblaron, y el temblor acabó apoderándose de todo su cuerpo.

—¡Maldición para el Caballero del Dragón y sus leales! –pronunció fuerte e inquietantemente la garganta del brujo.

«¡Maldición, maldición, maldición!», se oyó por todas partes.

Del agujero salieron unos seres negros que sugerían gigantescos y peludos murciélagos. Sus ojos tenían un resplandor anaranjado, y sus bocas estaban provistas de dientes como agujas. Las orejas acababan en punta, y los cuerpos, en una fina cola con huesos en forma de gancho.

El batir de sus alas provocaba un ruido que sonaba parecido a un aleteo acompasado. Se movían lentamente por el túnel de luz verdosa.

—¡Pero el túnel está partido! –exclamó sin contenerse lord Drakill.

Sin darse la vuelta, el brujo respondió con voz demoniaca:

—También vale así, porque el Caballero del Dragón ha regresado al Mundo Invisible. Y jamás volverá a abandonarlo.

El nuevo regidor de la aldea

León seguía en el aire, montado a lomos de Jock. Era una sensación increíble sentir la cara acariciada por el viento. León lo disfrutaba, aunque no dejaba de tener miedo de caerse.

Jock voló en redondo sobre la aldea que ya conocía León y se dispuso a aterrizar.

—¿Tiene un nombre esta aldea? –preguntó León.

—¡Artingat! –respondió el dragón, que estiró las cuatro patas y se posó sobre el suelo pedregoso. Al hacerlo, levantó en remolino una imponente nube de polvo.

Y entonces, en aquella nube, León lo vio. Fue una débil sombra que salió volando apresuradamente de la nube. El cuerpo parecía compuesto por una gigantesca cabeza con orejas terminadas en punta de la que salían dos cortas patas con pies enormes. Estos pisaban con gran fuerza.

—¿Qué es eso? –preguntó asombrado León.

—Nuestro perseguidor. Puede hacerse invisible a los ojos, pero no a los rayos del sol –dijo Jock muy enfadado. Y señaló al suelo, donde aquel ser arrojaba una sombra.

Apresuradamente intentó irse de allí, pero al hacerlo se hizo visible.

—¡Quieto ahí, tipejo! –exclamó Jock.

Chillando fuerte, el ser emprendió la huida. Como un rayo blanco, salió disparado de allí, perseguido por Jock.

León los perdió pronto de vista.

Dos habitantes de Artingat que en ese momento se acercaban por la calle lo reconocieron y le saludaron muy alegres. Enseguida lo llevaron a la plaza Mayor, donde se había congregado mucha gente. Estaban rodeando a un hombre que trabajaba en una estatua. Ya había esculpido una figura en la madera.

León se quedó paralizado. ¡Era su retrato!

—¡Te estamos haciendo un monumento! –explicó un hombre corpulento de barba pelirroja–. Además, propongo que León sea nuestro regidor. ¡Que nos represente a todos!

Aquella gente gritó su aprobación.

León sacudió la cabeza perplejo. Mientras que en su mundo le duchaban en la taza del retrete, aquí le nombraban algo así como alcalde.

La espada del dragón volvió a moverse. Desprendiéndose de su mano, con la punta señaló en dos

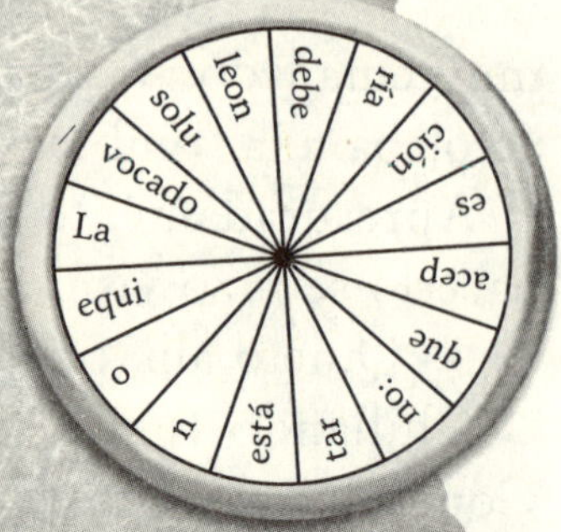

Coloca encima la espada. Si comprendes bien el mensaje, ganas dos puntos de fuerza.

PASTELERÍA
FRUT

direcciones distintas. León trató de averiguar lo que la espada quería decirle esta vez.

León comprendió el mensaje de la espada, aunque malditas las ganas que tenía de hacerle caso.

—¡Me has buscado dos nuevos amigos que ya me han dejado en la estacada! –dijo por lo bajo en tono de reproche–. ¡No volveré a escucharte otra vez, te lo prometo!

—¿Y bien? –le preguntaron los habitantes de Artingat–. ¿Qué es lo que decides?

—¡Acepto! –manifestó León–. ¡Me convertiré en vuestro regidor!

El júbilo pareció no ir a acabarse nunca.

No, León no volvería a abandonar jamás el Mundo Invisible. El chico no tenía ningún motivo para regresar a su propio mundo.

León fue llevado a la casa más grande de la plaza Mayor. Parecía tratarse del ayuntamiento.

Lo condujeron hasta un sillón macizo donde tenía que tomar asiento para escuchar a un aldeano tras otro.

El primero era un hombre bajito que no parecía tener más que músculos.

—Me llamo Gilbert. Mi vecino Silvano me ha robado un cochino –se quejó a voces mientras señalaba a otro hombre que estaba a su lado.

León le indicó que se acercara.

—Silvano, ¿qué alegas en tu defensa? –preguntó.

Silvano se le quedó mirando con grandes ojos.

—¿Y de qué me voy a defender? ¡Pero si no hay ninguna prueba de que yo le haya robado el cochino!

Entonces León tuvo que darle la razón.

Gilbert se puso impaciente.

—¡Quiero que me devuelvan enseguida mi cochino! –gritó.

Su vecino se cruzó de brazos.

—Si quieres, puedes buscar en mi casa, pero allí no encontrarás ningún cochino.

Furioso, Gilbert se le acercó cerrando los puños. Silvano trató de evitarlo, pero Gilbert quería pelear.

Silvano miró a León en busca de ayuda.

—¿Sois vos el regidor o no? –preguntó irritado.

León notó en ese momento su propia impotencia. Debía hacer algo. Pero… ¿qué?

Al atacar nuevamente Gilbert, Silvano le arreó una patada en la espinilla. Gilbert cayó hacia adelante dando gritos de dolor.

Por fin, León echó mano a la espada del dragón. Seguro que con ella conseguiría poner paz enseguida.

Sin embargo, de pronto la espada parecía pesar una tonelada. Estaba apoyada contra su silla y ya no se la podía levantar.

—¡Mira que eres cabezona y tozuda! –le riñó León en voz baja.

Fuera hicieron sonar un enorme gong. Los golpes resonaron atronadoramente por todo Artingat.

Enseguida, los dos gallos de pelea dejaron su enfrentamiento y se abalanzaron hacia la ventana.

—¿Qué significa eso? –preguntó León.

—¡Alarma, nos están atacando! –exclamó Gilbert.

La enfermedad negra

León se levantó de un salto y corrió afuera. En la plaza Mayor estaba toda la gente mirando al cielo, desde el que salía, creciendo hacia abajo, un enorme tubo verde transparente. Desde su gran abertura se oía el ruido de un sinfín de alas que batían.

Entonces, dando gritos estridentes, se vinieron encima.

León los reconoció al instante. La noche anterior había visto a uno de esos seres sobre la ciudad.

La gente se dispersó gritando.

León se quedó como petrificado mirando a los demonios negros, cuyos ojos refulgían chillonamente. Agresivos, abrían las bocas buscando con mirada ávida a sus víctimas.

León concibió un terrible pensamiento: ¿iban a por él aquellos seres? De buena gana hubiera huido sin más, preferiblemente regresando a su mundo. Pero ni siquiera allí se encontraba a salvo de ellos. Al fin y al cabo, ya habían aparecido por la ciudad.

Pero ¿cómo había sido eso posible? Solo la espada del dragón podía hacer de enlace entre el Mundo Invisible y el mundo de las personas.

¿Cómo, pues, había podido aparecer en el cielo el tubo verde?

Entre fuertes chillidos, los seres demoniacos volaban en círculo sobre la plaza.

La espada del dragón aún seguía apoyada contra el sillón de León en el ayuntamiento. El chico salió corriendo para cogerla. Esta vez incluso pudo volver a levantarla.

Por un instante, el chico estuvo indeciso. ¿Debía huir sin más hacia su mundo, o tratar de combatir a aquellos seres?

«Huir es un acto cobarde, no puedo abandonar a esta gente», decidió, y volvió a salir al exterior.

Los animales negros aún seguían describiendo círculos con lentos y pesados aleteos en el cielo. Sus cabezas se desplazaban incansables de acá para allá. ¿Buscarían a León?

—¡Caballero del Dragón, líbranos de este peligro! –oyó gritar desde las casas, desde las que la gente asistía llena de miedo al espectáculo que tenía lugar sobre su aldea.

León empuñó con ambas manos la espada.

—¡Si es a mí a quien buscáis, aquí me tenéis! –gritó.

La espada del dragón emitió un resplandor amarillo dorado. Las piedras preciosas irradiaban una luz semejante a llamas pequeñas.

Los seres negros la divisaron y retrocedieron como atemorizados.

Eso le dio ánimos a León, que siguió avanzando con la espada extendida por encima de la cabeza.

—¡Vamos, atreveos a atacar! ¡Contra mí y mi espada no tenéis nada que hacer! –se jactó en voz alta.

Efectivamente, los demonios parecían haber cogido miedo, porque se elevaron más y se les pusieron de punta los pelos de sus pellejudos cuerpos.

—¡Como os acerquéis, os corto en rodajitas! –los amenazó León. Y saltando hacia arriba con todas sus fuerzas, lanzó una estocada al aire con la espada. Lanzando chillidos, los negros seres se dispersaron en todas direcciones. El cielo volvió a estar despejado.

León miró a su alrededor como pidiendo ser aplaudido. Los habitantes de Artingat habían dejado un resquicio abierto en sus ventanas y puertas para observarle, y ya salían a la calle prorrumpiendo en gritos de júbilo.

León regresó al ayuntamiento.

Aún no había llegado a su sillón, cuando volvió a oír gritos que venían de fuera. Algunos los emitían personas, pero los otros eran de los demonios. León corrió a la ventana y miró a la plaza del mercado.

Los seres de las gigantescas alas y los refulgentes ojos habían regresado. Esta vez, sin dudarlo, se lanzaron derechos sobre sus víctimas.

León no pudo sino contemplar horrorizado cómo tres chicos que intentaban huir fueron perseguidos por aquellos seres, que los rodearon y de nuevo abrieron del todo las bocas.

Pero no mordieron. Tosiendo ásperamente, lanzaron nubes de un vapor gris oscuro que envolvió a los chicos. Enseguida se elevaron de nuevo batiendo las alas.

En Artingat se había hecho un silencio sepulcral. Esta vez, nadie se atrevió a salir enseguida de casa. Las puertas y ventanas permanecieron cerradas.

Gilbert y Silvano estaban asomados juntos a una ventana del ayuntamiento, como si nunca hubiera habido una riña entre ellos, mirando afuera.

Los chicos aún seguían ocultos tras la oscura nube gris.

Solo cuando una fuerte ráfaga de viento barrió la aldea, se rompió aquella nube. En la arena del suelo estaban tendidos los tres chicos, que tenían más o menos la edad de León. Este respiró con alivio cuando los chicos se movieron y se levantaron lentamente. Lo hicieron quejándose, como si tuvieran fuertes dolores.

Gilbert fue el primero en darse cuenta.

La piel de los tres chicos estaba amarillenta, salpicada de negras ampollas llenas de pus.

—¡Tienen la enfermedad negra! –oyó León que susurraba Gilbert–. Los demonios han traído la enfermedad negra.

Las puertas fueron cerradas por dentro con cerrojos. Los tres enfermos se quedaron completamente solos en la plaza del mercado.

Uno de los chicos había estado hasta entonces de espaldas al ayuntamiento. Al darse la vuelta en ese momento, Gilbert jadeó horrorizado.

—¡Latius, hijo mío!

—¡Padre, ayúdame! –suplicó Latius levantando angustiado la mano.

Gilbert apretó con fuerza los dientes, cerró los puños y se quedó mirando a León.

—¡Regidor de la aldea! ¡Bah! –exclamó–. ¡Caballero del Dragón! ¡Bah!

Y seguidamente fue incapaz de hablar con normalidad, sino sólo a gritos.

—¡Mentiroso! ¡Asesino! ¡Tú has matado a mi hijo! ¡Va a morir, y sólo tú tienes la culpa!

—Pero... pero sin duda un médico podrá...

León no pudo seguir hablando.

—¡La enfermedad negra no tiene cura! –se enfureció Gilbert, que se dirigió hacia León.

Aquello fue el colmo. El poco coraje que le quedaba a León se le esfumó. Así que con la espada del dragón dibujó en el aire una abertura redonda, que se abrió inmediatamente. Al otro lado se encontraba un prado en el mundo de León. De un salto, León abandonó el Mundo Invisible.

Ahora se encontraba de cuclillas sobre el prado, jadeando y tratando de poner orden en sus pensamientos. Pero no lo lograba. Lo que acababa de vivir fue demasiado para él.

Lo que peor le supo fue la desesperación de Gilbert porque su hijo había contraído una enfermedad incurable.

—¡Latius morirá, y eso que los demonios habían acudido para matarme a mí! –murmuró León. Y con la mano repasó la cálida hoja de la espada del dragón, que acababa de salvarle la vida, porque aquellos seres alados la temían.

Sin saber qué hacer, León se volvió a tumbar sobre la hierba.

¿Qué hacer ahora?

La persecución continúa

En el valle Negro, lord Drakill seguía sentado en el mismo sitio jadeando pesadamente. Sus fuerzas vitales se desvanecían más rápidamente de lo que él había pensado. Sabía que le quedaba muy poco tiempo.

El brujo ciego estaba agotado, sentado y apoyado contra uno de los obeliscos salpicados de runas, esperando impaciente el regreso de los noxatos. Por sus gritos reconocería si habían logrado toser el aliento de la peste a la cara del Caballero del Dragón.

En el tubo verde transparente se oían, acercándose, los aleteos, que pronto se hicieron más sonoros y violentos.

Los noxatos regresaban. Pero antes de que hubieran llegado al obelisco, el brujo ya supo la respuesta.

Los noxatos habían tenido éxito en su correría. Tres jóvenes habían sido infectados. Los noxatos les habían llevado la enfermedad mortal.

Pero al Caballero del Dragón no lo habían atrapado. Su espada había sido para ellos un obstáculo infranqueable.

El brujo ciego se levantó y lanzó una maldición.

Con voz débil, preguntó lord Drakill:

—¿Y bien?

—Parece que el Caballero del Dragón ha regresado a su mundo. Debemos esperar a que llegue la noche. Entonces intentaré de nuevo construir un pasadizo hacia el Mundo Visible para los demonios. Por la noche, él no llevará consigo la espada del dragón. Sería una buena ocasión.

El lord se desplomó sin fuerzas. Jamás hubiera debido confiar en el brujo ni acudir a aquel valle.

—¡Como esta vez no haya resultados, me quedaré con tu fuerza vital! –amenazó lord Drakill en voz baja.

El mago sabía que su señor lo decía en serio. Pero tenía que esperar hasta la noche; si no, era demasiado grande el peligro de que los noxatos se abrasaran al sol.

Eso no debía ocurrir.

¿Hay una vía?

León ya no sabía cómo había llegado a casa. Sea como fuere, se encontraba en su habitación, así que se dejó caer en la cama. Segundos después estaba dormido.

Solo volvió a despertar cuando alguien le zarandeó fuerte por el hombro. Sobre él vio la cara de Carsten.

—Eh, ¿no tienes otra cosa que hacer que pasarte todo el día traspuesto? –le censuró este–. Es hora de cenar.

A León le costó trabajo despejarse del todo. Al levantarse, le dolían todos los huesos del cuerpo. Le costó trabajo mantenerse de pie y llegar hasta el salón.

—¿Se puede saber por qué no has aparecido a la hora de comer? –le gritó su padre.

Fue entonces cuando León comprendió que ya se había hecho de noche. El crepúsculo se estaba convirtiendo en noche cerrada.

—Es que… he estado comiendo y estudiando en casa de un amigo –mintió León.

—Y de tanto estudiar te has quedado agotado –dijo burlonamente Carsten.

—Sí –respondió seco León.

—Mientes –siseó Carsten.

—Demuéstramelo –repuso León.

—¡A comer ya! –cortó aquel rifirrafe de ambos hermanos el señor Pollux.

Durante la cena, como era habitual, estuvo puesta la televisión. Parecía que la madre de León no podía pasar sin ella ni un segundo. En silencio, León estuvo comiendo a dos carrillos.

Al mismo tiempo, en una parte de la ciudad se abrieron las oscuras y cargadas nubes que se habían formado por la tarde, apareciendo un túnel que despedía resplandores verdosos y cuya abertura se ensanchó hacia todos lados formando un embudo.

Con fuerte batir de alas, del túnel salieron volando noxatos. Al entrar en contacto con el aire fresco de la noche, extendieron las alas lateralmente y se alejaron planeando.

El brujo ciego les había prometido un rico botín. También les había ofrecido la perspectiva de volver de nuevo a este mundo nuevo y desconocido si lograban envolver al Caballero del Dragón en su hálito pestífero.

Los noxatos sabían qué aspecto tenía. Lo habían

visto y habían guardado en la memoria su figura y su rostro.

Como negras nubes, se desplazaron por encima de los techos de las primeras casas. Un grupo de

tres chicas y dos chicos se encaminaban hacia una fiesta charlando entre risitas por una calle tranquila.

Más tarde no supieron decir a nadie qué fue exactamente lo que sucedió. Lo único de lo que se dieron cuenta fue de una oscuridad aleteante y peluda que de repente los rodeó. Vieron luces de un color anaranjado y notaron una niebla húmeda, que apestaba a aguas pútridas, trapos viejos y cieno, y que los rodeó como si fuera una densa envoltura.

Pero luego tuvieron también una sensación que nunca antes habían notado. Fue como si alguien les hubiera sacado del cuerpo toda la fuerza por la boca y la nariz.

La debilidad que sintieron después les hizo tropezar y caer.

Al resplandor de las farolas, al principio no vieron más que una oscuridad gris. Levantaron los brazos tratando de descomponer y romper aquella niebla. Después de intentarlo en vano muchas veces, finalmente lo lograron.

Cuando se vieron unos a otros, todavía no sabían lo que significaba aquella piel amarilla y pálida y aquellas ampollas negras.

En cuanto a los noxatos, ya no regresaron al Mundo Invisible. Se ocultaron en construcciones y torres antiguas, donde se dispusieron a pasar el día a salvo. Al llegar la noche siguiente, volverían a emprender su persecución y se pondrían a buscar al Caballero del Dragón.

En los programas de noticias dieron la primera información dos horas más tarde. Aunque León ya se había retirado a su habitación, oyó unas palabras que le hicieron levantarse con el efecto de un cañonazo.

«... *descubiertos cinco casos de una enfermedad que tiene un gran parecido con la peste que se creía erradicada desde hacía mucho tiempo*».

Abrió de golpe la puerta y se precipitó escaleras abajo hacia el salón, donde su madre seguía sentada delante del televisor.

El presentador informó de los cinco adolescentes que habían contraído la enfermedad en cuestión de minutos. Cuando describió los efectos de esta, León supo que los seres negros habían golpeado. Habían encontrado una vía para llegar a su mundo y ahora estaban haciendo estragos en él. Así pues, estaban buscándole.

León permaneció ante el televisor como petrificado. ¡Lo perseguían! Y le empezó a temblar todo el cuerpo.

Temblaba porque estaba en peligro de muerte. Pero también temblaba porque el mismo peligro se cernía sobre miles de personas más. León poseía la espada del dragón, que le protegería. Pero a los demás, no.

Desesperado, regresó a su habitación y cerró la puerta. Su padre no debía ver nunca la espada, el abuelo le había insistido en eso.

¡El abuelo! León se echó de bruces a rebuscar bajo la cama. Entre el colchón y el anticuado somier, el chico había ocultado una cajita metálica. La sacó, la abrió y cogió la única foto del abuelo que tenía.

—Necesito tu ayuda –dijo al retrato–. ¿Qué he de hacer ahora?

Ya en una ocasión, el abuelo había hablado desde la foto a León. En su primer encuentro le había anunciado que siempre lo tendría allí cuando lo necesitara.

León miró en tensión al retrato, que representaba al abuelo con una túnica clara sentado en su sillón.

De pronto, de su rostro desapareció la mirada severa y sonrió de una manera que enseguida infundió ánimos a León.

—Di algo, por favor –le suplicó el chico.

—León, lo primero es pensar y luego actuar, es así de sencillo –fue el consejo del abuelo.

—Esos seres negros…

—… se han ido, pero regresarán.

Luego, la imagen volvió a paralizarse y la foto volvió a estar tan arrugada como antes.

Al principio, León quedó más decepcionado que contento de aquel consejo. Pero a continuación comprendió su sentido. El chico cruzó los brazos tras la cabeza y se puso a reflexionar. Pronto tomó una decisión: hablaría con Lara y con Chip. Pero antes tenía que resolver dos cuestiones:

A veces, las cosas no son lo que parecen

Después de haber decidido qué haría a continuación, por segunda vez en aquel día, el agotamiento se apoderó de León. Cuando despertó por la mañana, aún seguía vestido.

Sabía dónde vivía Chip y decidió ir a esperarlo cuando saliera de camino al colegio. Lara no vivía lejos. Podría darle alcance sin problemas.

Una hora antes del comienzo de las clases estaba frente a la casa en la que vivía Chip con la mandona de su tía, al otro lado de la calle. Finalmente se abrió la puerta y salió Chip. Detrás de él estaba la tía, que le plantó un beso en su peinado al cepillo.

A León se le escapó una sonrisa maliciosa. ¿Y si se enteraran Brutus y Ralph de estos besos de despedida?

Chip se estremeció cuando León le salió al paso. Se apartó de él como si tuviera miedo de que León pudiera pegarle.

—¡A ti no te funciona bien el coco! –le espetó León. La furia contenida del día anterior explotó en él.

Chip estaba que daba pena.

—Esto... le dije que ya no iría con él. Pero Brutus me amenazó con darme una lección si yo..., si yo no seguía a su lado. Y ya sabes lo que eso quiere decir.

—¡Eres un miserable cobarde! –le gritó León.

Tras una breve pausa, Chip dijo casi sin voz:

—Sí, sí que lo soy.

Aún llevaba puesto el cinturón con la hebilla de las garras de dragón. Bastaba tirar de ellas para que el cinturón se convirtiera en el peto de una armadura.

—Supongo que querrás que te devuelva esto –sollozó Chip. Estaba hecho un trapo.

—Esto... no... yo..., yo quiero que... en fin..., ¿seguimos siendo amigos? –preguntó León, totalmente confuso.

—¿De verdad quieres que alguien como yo sea tu amigo? –preguntó incrédulo Chip.

León reflexionó. Chip no se había comportado bien y no había sido lo que se dice valiente. Pero la espada del dragón le había llevado hasta él, y eso seguro que no había sido por casualidad. Además, Chip tenía en sí algo que le gustaba a León. Y en su primera aventura había sido un compañero genial.

—Sí, quiero que seas mi amigo. Sobre todo, porque tienes el suficiente coraje para confesar que has estado haciendo burradas –explicó León–. Eso está bien de verdad. Quiero decir que eso no lo hace cualquiera.

Con una sonrisa de alivio, Chip le ofreció la mano y León se la chocó.

—Yo... arreglaré lo mío con Brutus... aunque después me quiera duchar –prometió Chip.

Entonces se dirigieron juntos al domicilio de Lara. Ninguno de los dos chicos entendía qué le había pasado a la chica.

Se encontraron en la parada del autobús, donde ella, con un libro sobre las rodillas, estaba escribiendo una carta. Se quedó muy cortada cuando los chicos aparecieron. Antes de que León dijera nada, ella se puso a hablar.

—Yo... en fin, no sé si soy la indicada. León, tú... y esa espada..., de verdad, eres... ¡un héroe! –y enrojeció al decir estas palabras–. Yo... yo no puedo servirte de apoyo. Necesitas a alguien mejor, y sobre todo es que no puedo tener la boca cerrada. Seguro que alguna vez... a lo mejor por descuido..., acabaría contándoselo a alguien..., ya me entiendes. ¡Justamente te lo estaba escribiendo! –y levantó la hoja mientras se reía incómodamente.

León apenas podía creerlo. Y había pensado que todos se habían conjurado contra él.

—Ayer, después de las clases, quise hablar contigo, pero te fuiste corriendo –le reprochó Lara.

—Yo también estuve en tu casa, pero no estabas allí –añadió Chip.

Después de que hubo respirado a fondo con alivio, dijo León:

—Tranquilizaos. ¿Sabéis?, os necesito con urgencia.

Lara no le entendió al principio, pero Chip le dijo:

—Lo dice de veras.

Lara se levantó aliviada y juntos emprendieron el camino hacia el colegio. Hicieron un rodeo para poder hablar sin que los molestaran. León tenía que contarles muchas cosas.

El tork

Por la tarde se encontraron los tres en las ruinas del bosque. Con la espada del dragón, León recortó una puerta en el aire, que se abrió y les franqueó la entrada a la plaza del mercado de Artingat.

La plaza estaba totalmente abandonada. Cuando León miró a su alrededor, se estremeció. La estatua de madera que los habitantes le habían erigido había sido destrozada. Huellas de suciedad indicaban que alguien había estado pisoteándola.

—Será mejor que desaparezcamos –susurró León.

El chico notó a sus espaldas miradas que le seguían. Miradas llenas de desprecio y de ira.

—Ayer mismo estaban vitoreándome, y ahora les he traído lo peor que hay para ellos –pensó desesperado León.

Tenía que arreglarlo. Estaba firmemente decidido a ello.

Los tres recorrieron en silencio las calles vacías. El silencio pesaba como una maldición sobre las calles de Artingat. Desde sus casas se oían llantos y sollozos.

—Es todo por mi culpa –suspiró León–. Estaba tan orgulloso de haber llegado por fin a ser alguien, y en esas no pensé que aquellos seres podían regresar.

Lara se acercó a sus amigos y señaló a una casa que se levantaba sobre una pequeña altura. El viento traía hasta ellos sólo lamentos y exclamaciones de desesperación.

—Son los enfermos... Los han... encerrado en esa casa –susurró Chip.

Una sombra pasó sobre ellos y Jock aterrizó delante. Una gran nube de polvo se levantó del suelo arenoso.

Aquel día, Jock llevaba enormes alas de piel, que ahora estaba cerrando sobre el cuerpo con un poco de trabajo. Parecía que aún no se manejaba muy bien con ellas.

—¡Encantado de verte! –saludó a León. Este le había perdido totalmente de vista desde que Jock había salido a la caza de aquel extraño perseguidor. León fue corriendo a su dragón camaleón y le acarició la cabeza, que estaba cubierta de escamas duras y grandes como tejas.

—¿Qué ehtáh hazando? ¿Quéreh zacarme brillo? –se burló el dragón.

—No... solo ser cariñoso.

—¡Poh no zoy nengún perrito faldero! –se enfadó Jock.

—¿Por qué hablas de esa forma tan rara? –preguntó León.

—¿Que por qué hablo raro? –al darse cuenta, puso la cabeza en el suelo y abrió la boca. Enseguida salió de ella, a saltitos, el ser de los enormes pies y orejas que León ya había visto una vez. Con sus puños diminutos, aporreó en el morro a Jock.

—¡Malo, dragón malo! –le riñó–. Mal dragón, tork enfadado contigo.

Jock hizo una mueca de desprecio.

—Mi Caballero del Dragón me trata como a un perrito faldero, el tork me confunde con un bebé. Hay algo que debo estar haciendo mal. Puñetas, que soy un dragón. ¡Grande, poderoso y fiero!

Aquel ser de color amarfilado quiso largarse a toda prisa. Empleando sus enormes orejas como alas, empezó a batirlas. Pero no llegó lejos, porque Jock colocó su poderosa zarpa encima del enorme pie del tork.

—Puede que yo sea un perrito faldero bebé, pero siempre le podré a uno como tú –gruñó.

El ser tembló. No se sabía si de rabia o de miedo.

—El tork nos persiguió porque te admira –explicó a León el dragón.

Enseguida, aquel ser se llevó las manitas a la cara y prorrumpió en unas risitas tontas.

—Además, el tork observó que lord Drakill y su brujo pudieron escapar del Castillo de las Lápidas.

León echó mano a la espada como si tuviera que intervenir enseguida.

—¿Qué? ¿Ha sobrevivido? ¿Dónde está ahora?

El tork abrió los ojos como platos y se puso a abrir la boca sin decir nada.

—Los torks viven bajo tierra, por eso son tan blancos. Este tenía su cueva al pie de la montaña del castillo, en un pasadizo que nunca era utilizado –contó Jock.

El pequeño tork asentía repetidamente con fuertes movimientos de la cabeza.

—¿Y adónde ha ido lord Drakill? –preguntó León.

El tork le miró boquiabierto y luego sacudió vivamente la enorme cabeza.

—Tork no debe decirlo. Si no, tork atenerse a venganza de hombre negro.

—Escucha, pequeño –jadeó León, que agarró al tork. El cuerpo era duro como la piedra y frío al tacto.

Asustado, el tork se puso a chillar tan fuerte que Lara y Chip se taparon al momento las orejas. Solo cuando León volvió a soltarlo, dejó de gritar.

Jock hizo con la mano un movimiento despectivo.

—Bah, déjalo. Todos son así. Olvídate. Son cobardes, tontos y estúpidos. Una mala combinación.

De nuevo el tork volvió a aporrear a Jock con sus diminutos puños.

—Tork no cobarde. Tork sólo listo.

León tuvo una idea. En tono adulador, dijo:

—Sé que los torks son muy listos. Por eso no tienes que decirnos dónde se encuentra lord Drakill. Danos solo una pista.

De nuevo el tork se puso a cacarear entre risitas.

—¡Eso hará tork, eso hará! –y señalando a Jock con el dedo índice, dijo–: Ese que nos lleve volando. Y tork sentado en su cabeza.

—¡Ni lo sueñes! –le soltó Jock.

León le dirigió una mirada suplicante.

—Por favor, Jock, no me dejes en la estacada.

Con un suspiro, el dragón accedió.

Con tres pasajeros sobre el lomo y un tork en la cabeza, Jock tuvo dificultades para despegar.

Necesitó coger carrera y batir con fuerza las alas para elevarse. Casi daba miedo oírle jadear y resoplar. Como un pato de plomo, una y otra vez caía pesadamente sobre el suelo, donde lograba por los pelos aterrizar con los pies.

—¡Precipicio a la vista! –chilló el tork.

León se levantó del asiento que había elegido para el vuelo entre las gibas de camello de Jock y estiró el cuello.

¡Efectivamente! Cruzando el suelo, una amplia grieta se abría en la tierra. O Jock terminaba de levantar el vuelo o tendría que practicar un frenado de urgencia. De otro modo, caerían al abismo.

El precipicio se acercaba más y más…

La pista

Jock suspiró, gimió y resopló, y finalmente, con un último esfuerzo, despegó del suelo.

Bajo él se produjo una fuerte ráfaga de viento que pareció llevarlo hacia arriba. Con cada batir de sus alas, subía más alto, y debajo de ellos, el mundo se hacía cada vez más pequeño.

León palmeó lateralmente al dragón en reconocimiento.

—Deja de hacer eso –gruñó Jock–. Que el tork nos diga de una vez lo que tenga que decirnos.

—Tú volar, dragón malo, en esta dirección –ordenó el pequeño. Y agarrando las orejas de Jock como si fueran palancas de mando, tiraba de ellas con fuerza, bien a la derecha, bien a la izquierda.

—Esto me lo pagarás –gruñó Jock–. Y me estoy refiriendo a ti, ¡oh noble Caballero del Dragón!

El tork miraba nervioso y vigilante hacia abajo. Por vez primera, León conoció una gran parte del Mundo Invisible. Hasta entonces, siempre había estado en el desierto rojo, en la montaña del Castillo de las Lápidas o de camino hacia Artingat.

Sobrevolaron un bosque pétreo que se componía solo de finas alturas rocosas, una cadena de colinas azuladas resplandecientes, un lago que desde el aire parecía blanco como la nieve, la aldea con sus campos limítrofes y un castillo de torrecillas en espiral. Por desgracia, Jock no era muy hablador, así que no obtuvieron ninguna información.

Una y otra vez, el tork señalaba agitado hacia abajo, gritando en cada ocasión: «Allí... allí...».

—¿Allí se oculta lord Drakill? –vociferó León en medio del gran ruido del viento del vuelo.

—¡No, no, no ocultar!

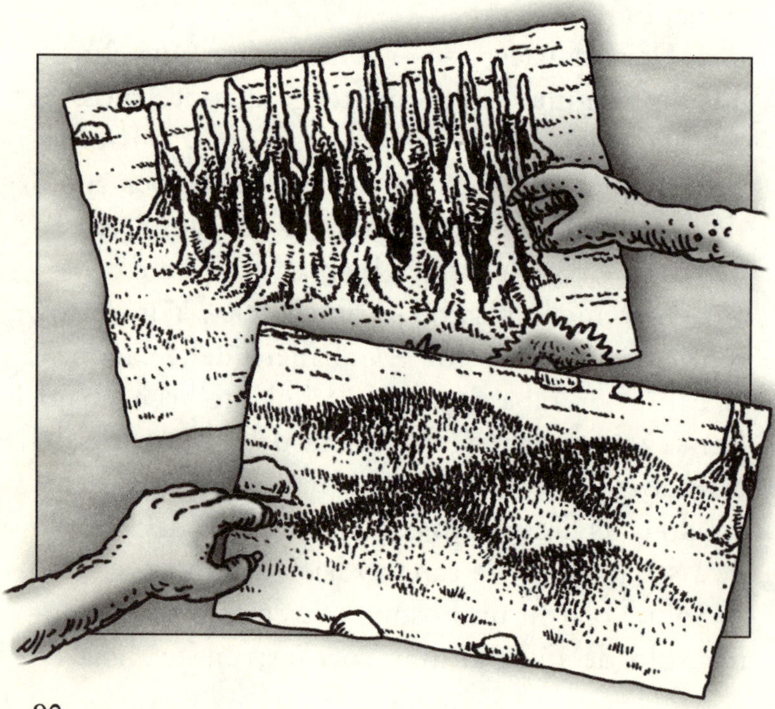

Finalmente volvieron a Artingat, aterrizando delante de la aldea. El tork saltó desde la cabeza del dragón entre risitas de satisfacción.

—Tork listo, muy listo. No ha dicho nada y, sin embargo, lo ha dicho. Lo ha dicho. ¡Muy listo!

Pero antes de que Jock pudiera agarrarlo, había desaparecido rápido como el rayo. Sus risitas resonaron en la lejanía.

Descorazonado, Jock apoyó la cabeza en la zarpa delantera.

—Ya sabía que los torks no servían para nada.

—¿Hay un mapa cartográfico de aquí? –preguntó Lara.

—¿Eso qué es? –preguntó Jock.

Lara se lo describió, pero Jock no asociaba nada con ese nombre.

—En caso de que haya un «papirográfico», o como se llame, entonces lo tiene Emanuel.

Y con un profundo suspiro indicó a los tres que montaran otra vez. Despegó, y su nuevo vuelo los llevó hasta la orilla del lago Blanco. Allí aterrizó Jock, y éste señaló a una construcción hecha de estacas que desde el aire no habían podido ver.

—Ahí vive Emanuel. Preguntadle.

—¿Quién es ese Emanuel? –preguntó Chip un poco atemorizado.

—¡Alguien que no te va a morder! –dijo Jock sonriendo maliciosamente.

León y sus amigos recorrieron el puente colgante de madera, que se balanceaba, y llamaron a la puerta.

—Adelante –oyeron desde dentro una vocecita.

Lara dirigió a los chicos una mirada interrogadora.

—¿No será otro pequeñajo de esos?

León se encogió de hombros y abrió la puerta. Primero pensó que estaba delante de un muro, pero a continuación distinguió unos hilos bastos entretejidos, formando un paño lleno de agujeros. Levantó la cabeza y tragó saliva.

Delante tenían a un gigante. Su cabeza casi daba contra el techo de la construcción de estacas, de modo que siempre tenía que estar un poco agachado. Llevaba una chaqueta y un pantalón hechos de tela basta, y sus manos eran grandes como palas.

—Ejem... –dijo Chip–. ¿Seguro que este no es peligroso?

Emanuel le oyó y sacudió la cabeza.

—No soy peligroso –aseguró a Chip.

—¿Qué apostáis a que hasta Brutus se alejaría corriendo de él? –susurró Chip a los demás.

Lara y León asintieron mientras pensaban en otra cosa y contemplaban las largas estanterías que cubrían todas las paredes de la cabaña desde el suelo hasta el techo. En las más bajas había vasos, sartenes, pieles, objetos de cuero, figuras esculpidas en madera y plantas disecadas, y en las de arriba, libros.

—Tú eres León, el joven Caballero del Dragón –dijo Emanuel–. Ya he oído hablar de ti.

León preguntó apurado:

—¿Bien o mal?

—Ambas cosas –fue la honesta respuesta–. Pero yo siempre creo sólo lo que veo. ¿Qué te trae hasta mí?

León le contó en pocas palabras todo lo que había ocurrido y le pidió un mapa del territorio. Emanuel, que parecía ser bastante más listo de lo que su aspecto decía, cogió un rollo de la estantería más alta, sopló para quitarle el polvo y se lo entregó.

—Toma, lo he dibujado yo mismo –dijo–. Espero que os aclaréis con él.

Coge el mapa del territorio que tienes en el sobre de la aventura, un lápiz y una regla. Une los puntos en la dirección de la flecha. Si ves lo que el tork quiso enseñar, ganas cinco puntos de fuerza. ***La solución la tienes en la página 124.***

Lara desenrolló el mapa encima de una mesa.

Los tres chicos se inclinaron sobre él intrigados. Trataron de recordar qué lugares les había indicado el tork durante el vuelo. Aunque lord Drakill no se encontrara en ellos, algo tendrían que significar. Pero... ¿qué?

El valle Negro

Lara fue la primera que descubrió la forma, pero no entendió lo que significaba.

—Tal vez sea una flecha –conjeturó Chip.

Emanuel, que miraba a los tres sobre sus hombros, sacudió la cabeza.

—Creo que es un obelisco. Un pilar de piedra que se levanta y termina en punta.

—Así pues, lord Drakill está junto a uno de esos obeliscos, pero ¿por qué? –reflexionó en voz alta León.

—Podría ser que en su escondite haya incluso dos obeliscos. Estos forman la Puerta del Demonio, que puede abrir un brujo si acierta con el conjuro.

—¿Puerta del Demonio? ¡Entonces, aquellos seres negros son efectivamente demonios, espíritus malos! –dijo León.

Emanuel pidió que se los describiera. A cada frase del chico, su cara se volvía más sombría.

—¡Noxatos! El brujo debe de haber llamado a noxatos. En efecto, pueden ser llevados a tu mundo con el conjuro adecuado. Pero se trata de unos seres muy caprichosos, que no siempre cumplen el deseo de quien los conjura.

—Llevan a los hombres la enfermedad negra. Seguro que lo que quieren es encontrarme. ¡Y en lugar de eso, van a morir inocentes! –exclamó León–. Quiero evitar eso. Pero ¿qué debo hacer?

Emanuel le miró largo rato.

—Sólo aquel que ha creado la maldición puede volver a levantarla. Y tú debes lograr que eso suceda. Si la maldición deja de tener efecto, los enfermos recobrarán la salud.

León sacudió desorientado la cabeza.

—¿Y cómo iba a pasar eso? Nunca dará resultado. Lord Drakill me quiere matar para obtener la espada del dragón. No retirará su maldición.

—Probablemente la maldición no la haya lanzado él, sino su brujo –sugirió Emanuel.

—¿Y por qué iba a retirarla este? –suspiró desesperanzado León.

Lara tenía una pregunta muy práctica que hacer:

—¿En qué lugar preciso se encuentra esa Puerta del Demonio?

—En el valle Negro, no muy lejos de aquí. Pero el valle tiene cinco entradas, y solo una de ellas lleva hasta la Puerta del Demonio. Quien toma las demás está perdido.

León vio claro lo que eso quería decir: debía ir a esa Puerta del Demonio.

Los tres amigos se despidieron y abandonaron la casa de estacas.

En la puerta, Emanuel retuvo a León tocándole en el hombro. Asustado, León se volvió hacia él y le miró como preguntando.

—Yo siempre formo mi propio retrato de cada cual –dijo Emanuel casi un poco solemnemente–. Y sé que en ti hay muchas cosas buenas, León. Serás un buen Caballero del Dragón. No te apartes nunca de tu camino. ¡Lo lograrás!

—¡Gracias! –murmuró confuso León.

—Eh, ¿dónde te has quedado? –oyó que gritaba Lara impaciente.

León corrió detrás de sus amigos. A lomos de Jock, volaron en la dirección que les había indicado Emanuel. Llegaron a un paisaje rocoso, escabroso y lleno de grietas, en el que no parecía brotar ni una sola planta. Las rocas se elevaban al cielo como colmillos gigantes.

Luego que Jock hubo aterrizado, los tres amigos bajaron de su lomo y miraron alrededor cautelosamente y con un poco de miedo.

Como les había descrito Emanuel, había varias entradas al valle Negro. León quitó la capucha a la estilográfica y sostuvo ante él, empuñándola con ambas manos, la espada del dragón.

—¡Te ruego que me muestres el camino! –le pidió en voz baja.

Las piedras preciosas de la empuñadura se pusieron a destellar y brillar. La punta de la espada se movió sola. Lentamente, León se aproximó a la primera entrada. Luego continuó hacia la segunda y desde allí hacia la tercera.

El serpenteante dragón de la empuñadura esta vez no le hizo ningún guiño. Pero tampoco se quedó inmóvil, sino que parecía costarle trabajo encontrar la entrada correcta. La cara se le veía tensa y concentrada.

León tardó un rato en entender los signos que hacía la espada. Finalmente, estuvo seguro de cuál era la entrada que debía escoger.

Busca bien la entrada en la página 100 con tu espada del dragón. Interpreta correctamente los signos de la espada. Si encuentras el camino para entrar, ganas dos puntos de fuerza.

Los monstruos de piedra

—¡Señor, despertad!

El brujo ciego había estado avanzando a tientas por las paredes de piedra hasta lord Drakill, que, recostado contra una columna rota de piedra, dormía. Su respiración era lenta y pesada.

—¡Señor, el Caballero del Dragón se acerca! –exclamó en voz alta el brujo.

Estas palabras despertaron al lord al menos un poquito. De sus fuerzas ya casi no quedaba nada; incluso sus rayos, que todo lo aniquilaban, estaban ya sumamente debilitados y no producían ningún efecto.

—¿Está enfermo? ¿Han debilitado los noxatos por fin su fuerza vital? –preguntó sin fuerzas lord Drakill–. Entonces, tal vez pueda vencerle. Aunque me temo que ya ni siquiera lograría eso.

—No, no está enfermo –confesó el brujo.

—Entonces llama a tus malditos demonios. ¡Que se le echen encima! –jadeó pesadamente lord Drakill–. Si no, me derrotará definitivamente, y tú tendrás la culpa.

Lleno de ira, se agarró a la larga túnica del brujo, pero la soltó rápidamente, porque ya no tenía fuerzas.

—No puedo llamar a los noxatos. Están todos en el Mundo Visible, escondidos –se lamentó el brujo ciego–. Pero... ¡de todos modos, debilitaré y aniquilaré al Caballero del Dragón! –añadió rápidamente cuando vio encenderse de ira la cara del lord.

—¿Cómo lo harás? –preguntó furioso el lord.

—¡Ya lo veréis!

El brujo se apartó apresuradamente de lord Drakill. Sabía que había cometido un error. Los noxatos no habían sido los demonios que hacían falta. Debía haber conjurado a otros aún mucho más peligrosos y, sobre todo, más obedientes.

Pero ese error lo iba a corregir ya. Trabajosamente, llegó hasta la Puerta del Demonio, levantó los brazos y extendió los huesudos dedos.

Su señor debía hacerse con la espada del dragón.

De nuevo las yemas de sus dedos dispararon rayos que acertaron contra las puntas de los obeliscos y formaron allí un arco de viva luz entre ambas columnas de piedra. De este arco de luz, una llamarada en abanico subió hacia lo alto, y esas llamas empezaron a lamer las agrietadas paredes de aquella sombría quebrada como si fueran lenguas azules.

Con voz firme, el brujo pronunció sus fórmulas de conjuro. Las repitió una y otra vez, en cada ocasión con más fuerza y apremio.

En torno a él se produjo un fuerte chirrido y un retumbo.

Bajo los pies de León, el suelo tembló a medida que se acercaban al lugar donde se encontraba la Puerta del Demonio. Iba acompañado de Chip y Lara; Jock se había negado a pisar el valle Negro, y se quedó esperándolos en la entrada. Los tres se detuvieron asustados y miraron a su alrededor. Siseando con fuerza, las lenguas de fuego azules treparon rápidamente a ambos lados de ellos por las paredes rocosas. De pronto, el valle estuvo bañado por una fantasmagórica luz azul.

Chip, Lara y León se apretaron espalda contra espalda siguiendo en tensión aquel espectáculo.

—Vámonos..., tenemos que irnos de aquí –dijo Lara en voz baja.

Sin embargo, ya no era posible. Las llamas les habían cerrado el paso.

—Colocaos vuestras armaduras –ordenó León.

Los tres separaron de un tirón las garras de dragón de las hebillas de sus cinturones, y al punto, las doradas y resplandecientes armaduras del dragón protegieron sus torsos.

León se colocó ante sus amigos protegiéndoles, empuñando en alto con ambas manos la espada del dragón.

Chip dio un codazo a los otros dos, y señaló sin decir palabra a las paredes rocosas. El terror y la sorpresa no le dejaban articular ningún sonido.

Desprendiéndose de las rocas, aparecieron figuras con brazos y piernas. Llegaban desde el suelo de la quebrada hasta su borde superior, muchos metros por encima de ellos.

Estos gigantes recordaban a muñecos articulados. Cada parte de su cuerpo se componía de un imponente fragmento de roca. Sus cabezas no tenían rostro y sus movimientos eran tambaleantes.

Con sus manos de piedra arrancaban nuevos fragmentos de roca a las paredes de la quebrada y las arrojaban hacia abajo. No parecían estar apuntando, sino que las tiraban sin más.

Piedras y fragmentos bajaban girando por el aire produciendo un ruido de metal cada vez que un trozo chocaba contra una de las armaduras del dragón.

Los tres trataban de protegerse las cabezas con los brazos, mientras que a trompicones se adentraban cada vez más en la quebrada para escapar a aquellos gigantes de piedra.

Los estirados monstruos de piedra se sostenían inseguros y, entre intensos chirridos, se pusieron en movimiento persiguiendo a León y sus amigos.

Aún seguían arrojándoles fragmentos de roca. Pero al hacerlo acertaban también a otros gigantes de piedra, que a continuación se partían, desmoronándose y cayendo al suelo, donde con un estruendo aún mayor se deshacían en numerosos trozos.

El valle se estrechaba delante de León, Chip y Lara. Pero la huida de aquellos gigantes de piedra no les dejaba más opción que pasar por la estrecha quebrada mirando hacia atrás a aquellos monstruos demoniacos.

Cuando León se dio la vuelta, tenía a lord Drakill delante mismo de él.

El último combate

Al lord le costaba un gran trabajo sostenerse sobre sus débiles piernas. Con un último esfuerzo, desenvainó su espada flamígera y la extendió ante él en ademán de defensa.

Del otrora tan terrible y poderoso caballero sólo quedaba una triste estampa. Partes de su armadura le colgaban de los hombros y de las piernas. Su mirada ya no tenía ninguna fuerza.

—¡Vamos, aniquílame, ahora puedes hacerlo! –ordenó a León con una voz que le fallaba.

León dejó caer su espada del dragón, de manera que la punta tocó el suelo.

—No, no iré contra un enfermo indefenso, incluso aunque haya tratado de matarme –dijo, y aquello le salió de lo más hondo de sí mismo.

Lord Drakill se rió burlonamente.

—Indefenso, yo no estoy indefenso, ¡pero tú sí que eres simple y estúpido!

—¡León, cuidado! –le advirtió Lara gritando.

Fue entonces cuando León vio a los gigantes de piedra, que también aquí salían de las paredes rocosas.

Sobre ellos cayó una lluvia de arena y piedrecillas. Los monstruos seguían desprendiendo rocas de las paredes, que a continuación dejaban caer.

El brujo aún seguía de pie entre los obeliscos. Pero había bajado los brazos interrumpiendo el arco de chispas. El conjuro ya no era necesario. Una vez que los demonios de las rocas habían despertado a la vida, lucharían hasta que el último hubiera quedado reducido a escombros.

—No saldrás con vida de esta quebrada –siguió diciéndole despectivo lord Drakill–. ¡Date ya por muerto!

La voz le fallaba una y otra vez, y debía agarrarse de las columnas truncadas para no caer al suelo.

Chip dio un grito. Una roca había caído atronadoramente al suelo a un paso de él, saltando en trozos. Los fragmentos le habían alcanzado el brazo pinchándole como agujas.

León le miró. Al darse cuenta de que Chip no estaba malherido, dirigió la mirada hacia el brujo ciego. ¿Cómo podría hacerle levantar la maldición?

—¡Están muriendo personas inocentes! –gritó de golpe.

Como respuesta, a lord Drakill no le quedó más que una risa de desprecio. En ese momento, una parte de su negra armadura que le cubría la pierna cayó al suelo con un ruido metálico. Sabía que había llegado su fin si no obtenía enseguida nuevas fuerzas vitales.

Entre roncos jadeos, se dio la vuelta. Sus piernas se movieron totalmente solas. Anduvo inseguro hacia el brujo ciego y tirando lo hizo caer al suelo.

—¡Señor, no! –suplicó el brujo, que sabía lo que se proponía el lord.

Los destructores rayos rojos de los ojos del caballero infernal no eran ahora más que un débil resplandor. Pero el lord ya no los necesitaba. También sin ellos podía atraer la fuerza vital del cuerpo de otro y cobrar fuerzas con ella. Y él ya no necesitaba al brujo ciego. Éste ya le había servido bastante tiempo, y ahora le sería útil por última vez.

Con una mano temblorosa, le retiró al mago la capucha de la cabeza. Miró fijamente a los ojos ciegos y empezó a respirar con avidez.

Una mezcla de humo blanco y luz intensa salió resistiéndose de la cabeza del brujo. Lord Drakill atrajo como un imán aquel grueso rayo. Se oyó un zumbido cuando este tocó su frente y se introdujo en su cabeza.

—¡No! –gritó León–. ¡No, jamás!

Y dando un salto hacia adelante, tiró hacia atrás de lord Drakill. Con un ronco estertor, el príncipe cayó y quedó de espaldas en el suelo, indefenso.

—¡Demasiado tarde..., demasiado tarde! ¡Ya tengo suficiente! –exclamó, otra vez con toda su fuerza, la boca del lord. Y levantándose, fue a buscar su espada flamígera, que antes se le había caído de la mano.

Chip adivinó lo que se proponía lord Drakill. Se lanzó hacia adelante, agarró la negra empuñadura de la espada flamígera y evitó que la empuñara lord Drakill.

Entretanto, los monstruos de piedra continuaban sin interrupción su labor aniquiladora, arrojando piedra tras piedra.

El brujo respiraba pesadamente.

Al principio, León titubeó, pero luego se atrevió a ir junto a él. Haciendo acopio de todo su valor, abrió la boca.

Al ver el rostro gris, amargado y malvado del brujo, no consiguió articular ningún sonido.

—Tú... quisiste salvarme... aunque yo... he procurado tu muerte conjurándola –cada palabra le costaba un gran trabajo al brujo–. Mi propio señor me quiso aniquilar para salvar su existencia.

León se arrodilló junto al brujo sosteniéndole en los brazos.

—El poder del Bien es más fuerte que el de la Oscuridad –articularon lentamente los labios del anciano–. Debes contribuir a la victoria de la Luz. Levanto mi maldición. Pero deberás procurar que los noxatos salgan a la luz del sol para que se quemen en ella. Aunque ya no provoquen la enfermedad negra, de todos modos seguirán persiguiendo a la gente para tratar de robar fuerza vital cuando la necesiten. Sólo el sol negro podrá vencerlos.

Una roca se estrelló provocando un trueno a espaldas de Chip. Su violencia lanzó al chico hacia adelante. La espada de fuego se le escapó de la mano y fue derecha dando vueltas hasta lord Drakill. Este se agachó y la levantó. Con un grito profundo se abalanzó sobre León, que tuvo el tiempo justo de tomar su espada del dragón.

Comenzó un furioso combate. La espada del lord zumbaba por el aire a vertiginoso ritmo.

León conseguía parar los golpes, aunque no podía hacer retroceder al lord. En la empuñadura de la espada, la cara del dragón denotaba fiereza y firme decisión.

—¡Vas a conseguirlo! –le oyó susurrar León–. ¡Vas a conseguirlo!

Pero León no lo conseguía.

La decisión

El lord lo apabulló contra un hueco que habían formado las rocas desprendidas. Era un callejón sin salida.

El sitio que quedaba entre las rocas era cada vez más estrecho. León temía no poder seguir moviendo la espada del dragón, pero esta le ayudaba. En cada movimiento se acortaba y se alargaba, y así nunca tocaba la roca.

—¡Aguanta! –le susurró el dragón en la empuñadura–. ¡Aguanta!

El brujo levantó la mano y, con sus últimas fuerzas, arrojó una bola de fuego a uno de los obeliscos, que ya antes estaba inclinado. Con el impacto, se inclinó de lado aún más.

Los músculos le ardían a León. Le costaba trabajo levantar la espada del dragón. Esta lo notaba y se hacía tan ligera como le era posible. Parecía que casi flotaba. León no tenía más que aplicar el movimiento preciso en la dirección adecuada.

A pesar de ello, León tenía la sensación de que ya no lo conseguiría y perdería el combate. Lord Drakill luchaba con más furia y decisión todavía.

Sus golpes eran cada vez más rápidos, la espada de fuego trazaba estelas rojas en el aire.

La guarda de la armadura que le protegía una pierna se soltó ruidosamente. Debajo quedó expuesta una pierna seca y flaca.

León concibió una idea. Iba a intentar hacer una cosa.

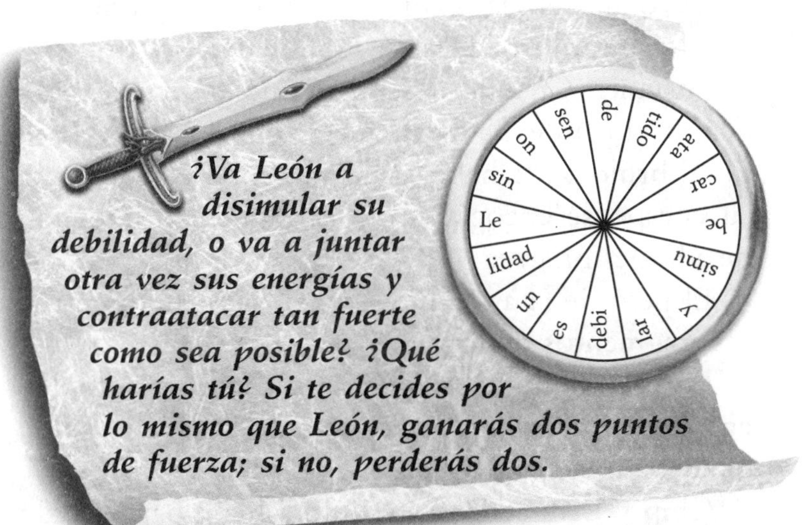

Se produjo exactamente lo que León había querido. Lord Drakill vio llegada su gran ocasión de vencer finalmente al Caballero del Dragón. León le había atacado, y por tanto la espada del dragón pertenecería al vencedor de este combate.

El aire estaba lleno del olor de las piedras en ascuas. León seguía viendo delante el rojo de la espada de fuego.

De nuevo se produjo un sonido metálico cuando cayó al suelo la segunda guarda de la pierna de la armadura. Lord Drakill se dio cuenta y titubeó un instante. Cuando descubrió qué le sucedía, era demasiado tarde. La escasa fuerza que le había robado al brujo ya la había utilizado en el combate, y su cuerpo se encogía como si alguien lo hubiera dejado desinflarse.

El peto de la armadura cayó retumbando entre los fragmentos de roca.

Lord Drakill retrocedió tambaleándose, trató de encontrar ayuda en el brujo, pero en el suelo ya solo quedaba una túnica vacía.

Chip y Lara acudieron junto a León para ver si no estaba herido.

—Solo son un par de rasguños –jadeó el chico.

Se produjo un agudo zumbido. Ante lord Drakill, el suelo se agrietó como una tela rajándose. De la profundidad vino un fulgor intenso y un fuerte retumbar. Una llama como el tronco de un árbol se disparó hacia lo alto y se enredó como el tentáculo de un pulpo en torno al caballero infernal, que solo opuso una débil resistencia cuando la llama lo arrastró hacia abajo.

La tierra tembló al cerrarse la grieta.

Sin embargo, los tres héroes no tuvieron tiempo para la alegría. Los monstruos de piedra seguían arrojando incansables sus rocas. Jamás saldrían del valle sin resultar heridos.

Esta vez fue a Chip a quien se le ocurrió cómo podían ser detenidos aquellos demonios de piedra.

Al derrumbarse la columna de piedra, se produjo en la quebrada un estampido que en los gigantes rocosos tuvo el efecto de un silbato pitando el final de un partido de fútbol. Los gigantes detuvieron sus movimientos, se quedaron unos segundos como paralizados, y luego, tambaleándose, fueron a las paredes de la quebrada. Entraron en los nichos y los huecos que habían dejado, se encajaron en ellos y desaparecieron como si nunca hubieran existido.

Chip esbozó una sonrisa confusa.

—¿Me tendríais por muy cobarde si ahora mismo me largo de aquí?

—¡No! –respondieron al unísono Lara y León.

Los tres salieron corriendo a toda velocidad, abriéndose camino entre los escombros que había a su alrededor hasta regresar adonde estaba Jock.

Dos días más tarde, León se aventuró a reaparecer por Artingat. Igual que en su mundo, allí todos los enfermos habían recobrado la salud. Jock, en su orgullo por el valor de su Caballero del Dragón, se había ocupado de hacer que todos se enteraran de la victoria definitiva de León sobre lord Drakill.

En la plaza de la aldea, León se encontró con Gilbert y su hijo Latius. El primero se disculpó con León por su comportamiento incontrolado, pero León le restó importancia.

—No te disculpes, tú tenías razón. Yo no tengo aún madera para ser regidor. Todavía me queda mucho que aprender. Pero... pero eso tal vez no importe nada.

Gilbert le dio una palmada de reconocimiento en la espalda que hizo tropezar a León tres pasos hacia adelante.

De vuelta al Mundo Visible, León volvió a verse con Chip y Lara en las ruinas del bosque de la ciudad. Mientras, Chip había logrado efectivamente separarse de Brutus. Es verdad que este le había jurado venganza eterna, pero Chip había superado su miedo.

Desde su segunda aventura, los tres amigos se juntaban en los recreos del colegio, y Lara ya era objeto de las bromas de sus amigas, porque tenía dos adoradores a la vez.

Lara lo sobrellevaba con una sonrisa ancha y orgullosa.

—¡Pero los noxatos aún siguen por aquí! –se acordó Chip–. ¿Qué vas a hacer, León?

El joven Caballero del Dragón sonrió taimadamente.

—También las clases del colegio pueden ser muy

útiles –explicó–. No tenemos que luchar contra los noxatos. Solo tenemos que atraerles para que hoy a las cuatro y veinte, salgan al exterior y dejen sus escondites, porque entonces no temerán al sol y yo iré por ahí sin la espada del dragón.

En todo caso, dijo que Lara estuviera cerca de él y le arrojara la espada en caso de necesidad.

—Pero ¿cómo los derrotarás? –preguntó de nuevo Chip.

León sonrió enigmática y astutamente.

—A los dos minutos serán cosa del pasado –prometió. Y lo que dijo iba a ocurrir.

Y es que León Corazón de Dragón era mucho más listo de lo que hasta él solía pensar...

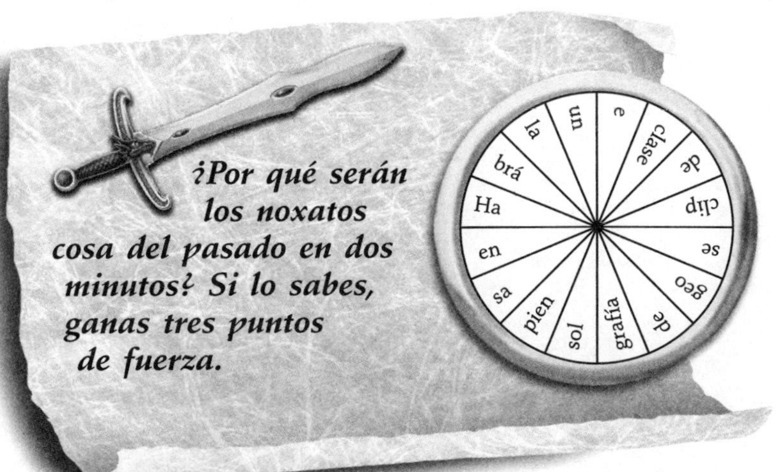

Thomas Brezina

Nació en la segunda hora
de un 30 de enero.
Su sino es el de un
trotamundos al que igual
lo encontramos
en Vindobona
que en Londonium.
Maneja la pluma,
que jamás la espada.
Su misión es la de
contar historias.
Estas se imprimen en
papel, se representan
en escenarios
y se ven en pantallas
de cine
y de televisión.
Y él continúa
errando...

¿Qué indica tu contador?
¿Cuál fue tu rendimiento?

20-25 puntos: muy bueno.
16-19 puntos: bueno.
11-15 puntos: normal.
1-10 puntos: flojo.
0 puntos: no has estado a la altura.

Solución del truco de la aventura del mapa del Mundo Invisible

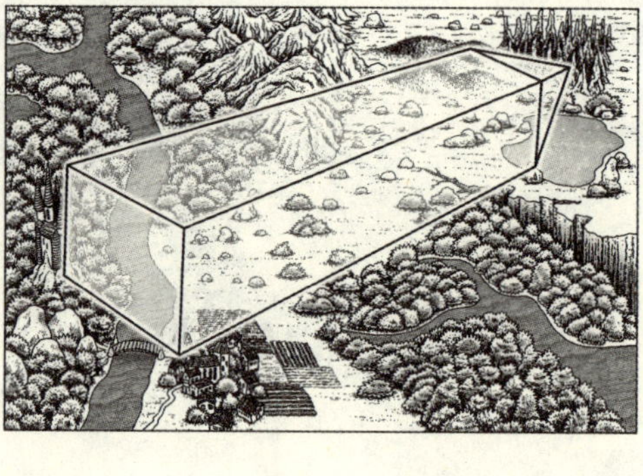

1. La lucha por la espada del dragón
2. La maldición del mago ciego
3. El ataque de los caballeros de piedra
4. La fortaleza de fuego
5. El luchador de los hielos perpetuos
6. La batalla de la Montaña del Diablo
7. La venganza de los cuervos de hierro
8. La flecha de plata
9. En las garras del grifo